# A Pele do Lobo
# O Badejo
# O Dote

*Artur Azevedo*

TEXTO INTEGRAL

O TEXTO DESTE LIVRO ESTÁ CONFORME O
ACORDO ORTOGRÁFICO DA LÍNGUA PORTUGUESA (1990)

**Dados Internacionais de Catalogação na Publicação (CIP)**
**(Câmara Brasileira do Livro, SP, Brasil)**

---

Azevedo, Artur, 1855-1908.
 A pele do lobo ; O badejo ; O dote /Artur
Azevedo -- São Paulo : Martin Claret, 2009. --
(Coleção a obra-prima de cada autor ; 287)

 "Texto integral".
 ISBN 978 - 85-7232-771-8

 1. Teatro brasileiro. I. Título. II. Título :
O badejo. III. Título : O dote. IV. Série.


09-04054                                              CDD-869.92

---

**Índices para catálogo sistemático:**

1. Teatro : Literatura brasileira    869.92

COLEÇÃO A OBRA-PRIMA DE CADA AUTOR

# A Pele do Lobo
# O Badejo
# O Dote

## Artur Azevedo

TEXTO INTEGRAL

MARTIN CLARET

## CRÉDITOS

© *Copyright* desta edição: Editora Martin Claret Ltda., 2009

**IDEALIZAÇÃO E COORDENAÇÃO**
*Martin Claret*

**ASSISTENTE EDITORIAL**
*Rosana Gilioli Citino*

Direção de Arte
*José Duarte T. de Castro*

**CAPA**
Ilustração
*Marcellin Talbot*

Editoração Eletrônica
*Editora Martin Claret*

Revisão
*Durval Cordas*

Papel
*Off-Set, 70g/m²*

Projeto Gráfico
*José Duarte T. de Castro*

Impressão e Acabamento
*Paulus Gráfica*

**Editora Martin Claret Ltda.** – Rua Alegrete, 62 – Bairro Sumaré
CEP: 01254-010 – São Paulo – SP
Tel.: (0xx11) 3672-8144 – Fax: (0xx11) 3673-7146

**www.martinclaret.com.br / editorial@martinclaret.com.br**
Agradecemos a todos os nossos amigos e colaboradores — pessoas físicas e jurídicas — que deram as condições para que fosse possível a publicação deste livro.

Impresso em 2010.

PALAVRAS DO EDITOR

# A história do livro e a coleção "A Obra-Prima de Cada Autor"

**MARTIN CLARET**

Que é o livro? Para fins estatísticos, na década de 1960, a UNESCO considerou o livro "uma publicação impressa, não periódica, que consta de no mínimo 56 páginas, sem contar as capas".
O livro é um produto industrial.
Mas também é mais do que um simples produto. O primeiro conceito que deveríamos reter é o de que o livro como objeto é o veículo, o suporte de uma informação. O livro é uma das mais revolucionárias invenções do homem.
A *Enciclopédia Abril* (1972), publicada pelo editor e empresário Victor Civita, no verbete "livro" traz concisas e importantes informações sobre a história do livro. A seguir, transcrevemos alguns tópicos desse estudo didático.

## O livro na Antiguidade

Antes mesmo que o homem pensasse em utilizar determinados materiais para escrever (como, por exemplo, fibras vegetais e tecidos), as bibliotecas da Antiguidade estavam repletas de textos gravados em tabuinhas de barro cozido. Eram os primeiros "livros", depois progressivamente modificados até chegarem a ser feitos — em grandes tiragens — em papel impresso mecanicamente, proporcionando facilidade de leitura e transporte. Com eles, tornou-se possível, em todas as épocas, transmitir fatos, acontecimentos históricos, descobertas, tratados, códigos ou apenas entretenimento.
Como sua fabricação, a função do livro sofreu enormes modifi-

cações dentro das mais diversas sociedades, a ponto de constituir uma mercadoria especial, com técnica, intenção e utilização determinadas. No moderno movimento editorial das chamadas sociedades de consumo, o livro pode ser considerado uma mercadoria cultural, com maior ou menor significado no contexto socioeconômico em que é publicado. Enquanto mercadoria, pode ser comprado, vendido ou trocado. Isso não ocorre, porém, com sua função intrínseca, insubstituível: pode-se dizer que o livro é essencialmente um instrumento cultural de difusão de ideias, transmissão de conceitos, documentação (inclusive fotográfica e iconográfica), entretenimento ou ainda de condensação e acumulação do conhecimento. A palavra escrita venceu o tempo, e o livro conquistou o espaço. Teoricamente, toda a humanidade pode ser atingida por textos que difundem ideias que vão de Sócrates e Horácio a Sartre e McLuhan, de Adolf Hitler a Karl Marx.

## Espelho da sociedade

A história do livro confunde-se, em muitos aspectos, com a história da humanidade. Sempre que escolhem frases e temas, e transmitem ideias e conceitos, os escritores estão elegendo o que consideram significativo no momento histórico e cultural que vivem. E, assim, fornecem dados para a análise de sua sociedade. O conteúdo de um livro — aceito, discutido ou refutado socialmente — integra a estrutura intelectual dos grupos sociais.

Nos primeiros tempos, o escritor geralmente vivia em contato direto com seu público, que era formado por uns poucos letrados, já cientes das opiniões, ideias, imaginação e teses do autor, pela própria convivência que tinham com ele. Muitas vezes, mesmo antes de ser redigido o texto, as ideias nele contidas já haviam sido intensamente discutidas pelo escritor e parte de seus leitores. Nessa época, como em várias outras, não se pensava na enorme porcentagem de analfabetos. Até o século XV, o livro servia exclusivamente a uma pequena minoria de sábios e estudiosos que constituíam os círculos intelectuais (confinados aos mosteiros durante o começo da Idade Média) e que tinham acesso às bibliotecas, cheias de manuscritos ricamente ilustrados.

Com o reflorescimento comercial europeu, nos fins do século XIV, burgueses e comerciantes passaram a integrar o mercado livreiro da época. A erudição laicizou-se e o número de escritores aumentou, surgindo também as primeiras obras escritas em línguas que não o latim e o grego (reservadas aos textos clássicos e aos assuntos considerados dignos de atenção). Nos séculos XVI e XVII, surgiram diversas literaturas nacionais, demonstrando, além do florescimento intelectual da época, que a população letrada dos países europeus estava mais capacitada a adquirir obras escritas.

## Cultura e comércio

Com o desenvolvimento do sistema de impressão de Gutenberg, a Europa conseguiu dinamizar a fabricação de livros, imprimindo, em cinquenta anos, cerca de 20 milhões de exemplares para uma população de quase 10 milhões de habitantes, cuja maioria era analfabeta. Para a época, isso significou enorme revolução, demonstrando que a imprensa só se tornou uma realidade diante da necessidade social de ler mais.

Impressos em papel, feitos em cadernos costurados e posteriormente encapados, os livros tornaram-se empreendimento cultural e comercial: os editores passaram logo a se preocupar com melhor apresentação e redução de preços. Tudo isso levou à comercialização do livro. E os livreiros baseavam-se no gosto do público para imprimir, principalmente obras religiosas, novelas, coleções de anedotas, manuais técnicos e receitas.

Mas a porcentagem de leitores não cresceu na mesma proporção que a expansão demográfica mundial. Somente com as modificações socioculturais e econômicas do século XIX — quando o livro começou a ser utilizado também como meio de divulgação dessas modificações e o conhecimento passou a significar uma conquista para o homem, que, segundo se acreditava, poderia ascender socialmente se lesse — houve um relativo aumento no número de leitores, sobretudo na França e na Inglaterra, onde alguns editores passaram a produzir obras completas de autores famosos, a preços baixos. O livro era então interpretado como símbolo de liberdade, conseguida por conquistas culturais. Entretanto, na maioria dos países, não houve nenhuma grande modificação nos índices porcentuais até o fim da Primeira Guerra Mundial (1914/18), quando surgiram as primeiras grandes tiragens de um só livro, principalmente romances, novelas e textos didáticos. O número elevado de cópias, além de baratear o preço da unidade, difundiu ainda mais a literatura. Mesmo assim, a maior parte da população de muitos países continuou distanciada, em parte porque o livro, em si, tinha sido durante muitos séculos considerado objeto raro, atingível somente por um pequeno número de eruditos. A grande massa da população mostrou maior receptividade aos jornais, periódicos e folhetins, mais dinâmicos e atualizados, e acessíveis ao poder aquisitivo da grande maioria. Mas isso não chegou a ameaçar o livro como símbolo cultural de difusão de ideias, como fariam, mais tarde, o rádio, o cinema e a televisão.

O advento das técnicas eletrônicas, o aperfeiçoamento dos métodos fotográficos e a pesquisa de materiais praticamente imperecíveis fazem alguns teóricos da comunicação de massa pensarem em um futuro sem os livros tradicionais (com seu formato quadrado ou retangular, composto de folhas de papel, unidas umas às outras por um dos lados). Seu conteúdo e suas mensagens (racionais ou emocionais) seriam transmitidos por outros meios, como por exemplo microfilmes e fitas gravadas.

A televisão transformaria o mundo todo em uma grande "aldeia" (como afirmou Marshall McLuhan), no momento em que todas as sociedades decretassem sua prioridade em relação aos textos escritos. Mas a palavra escrita dificilmente deixaria de ser considerada uma das mais importantes heranças culturais, entre todos os povos.

Através de toda a sua evolução, o livro sempre pôde ser visto como objeto cultural (manuseável, com forma entendida e interpretada em função de valores plásticos) e símbolo cultural (dotado de conteúdo, entendido e interpretado em função de valores semânticos). As duas maneiras podem fundir-se no pensamento coletivo, como um conjunto orgânico (onde texto e arte se completam, por exemplo, em um livro de arte) ou apenas como um conjunto textual (onde a mensagem escrita vem em primeiro lugar — em um livro de matemática, por exemplo).

A mensagem (racional, prática ou emocional) de um livro é sempre intelectual e pode ser revivida a cada momento. O conteúdo, estático em si, dinamiza-se em função da assimilação das palavras pelo leitor, que pode discuti-las, reafirmá-las, negá-las ou transformá-las. Por isso, o livro pode ser considerado instrumento cultural capaz de liberar informação, sons, imagens, sentimentos e ideias através do tempo e do espaço. A quantidade e a qualidade de ideias colocadas em um texto podem ser aceitas por uma sociedade, ou por ela negadas, quando entram em choque com conceitos ou normas culturalmente admitidos.

Nas sociedades modernas, em que a classe média tende a considerar o livro como sinal de *status* e cultura (erudição), os compradores utilizam-no como símbolo mesmo, desvirtuando suas funções ao transformá-lo em livro-objeto. Mas o livro é, antes de tudo, funcional — seu conteúdo é que lhe dá valor (os livros de ciências, filosofia, religião, artes, história e geografia, que representam cerca de 75% dos títulos publicados anualmente em todo o mundo).

## O mundo lê mais

No século XX, o consumo e a produção de livros aumentaram progressivamente. Lançado logo após a Segunda Guerra Mundial (1939/45), quando uma das características principais da edição de um livro eram as capas enteteladas ou cartonadas, o livro de bolso constituiu um grande êxito comercial. As obras — sobretudo *best sellers* publicados algum tempo antes em edições de luxo — passaram a ser impressas em rotativas, como as revistas, e distribuídas nas bancas de jornal. Como as tiragens elevadas permitiam preços muito baixos, essas edições de bolso popularizaram-se e ganharam importância em todo o mundo.

Até 1950, existiam somente livros de bolso destinados a pessoas de baixo poder aquisitivo; a partir de 1955, desenvolveu-se a categoria do livro de bolso "de luxo". As características principais destes últimos eram a abundância de coleções — em 1964 havia mais de duzentas, nos Estados Unidos — e a variedade de títulos, endereçados a um público intelectualmente mais refinado. A essa diversificação das categorias adiciona-se a dos pontos de venda, que passaram a abranger, além das bancas de jornal, farmácias, lojas, livrarias, etc. Assim, nos Estados Unidos, o número de títulos publicados em edições de bolso chegou a 35 mil em 1969, representando quase 35% do total dos títulos editados.

## Proposta da coleção
## "A Obra-Prima de Cada Autor"

"Coleção" é uma palavra há muito tempo dicionarizada e define o conjunto ou reunião de objetos da mesma natureza ou que têm alguma relação entre si. Em um sentido editorial, significa o conjunto não limitado de obras de autores diversos, publicado por uma mesma editora, sob um título geral indicativo de assunto ou área, para atendimento de segmentos definidos do mercado.

A coleção "A Obra-Prima de Cada Autor" corresponde plenamente à definição acima mencionada. Nosso principal objetivo é oferecer, em formato de bolso, a obra mais importante de cada autor, satisfazendo o leitor que procura qualidade.*

Desde os tempos mais remotos existiram coleções de livros. Em Nínive, em Pérgamo e na Anatólia existiam coleções de obras literárias de grande importância cultural. Mas nenhuma delas superou a célebre biblioteca de Alexandria, incendiada em 48 a.C. pelas legiões de Júlio César, quando estas arrasaram a cidade.

A coleção "A Obra-Prima de Cada Autor" é uma série de livros a ser composta por mais de 400 volumes, em formato de bolso, com preço altamente competitivo, e pode ser encontrada em centenas de pontos de venda. O critério de seleção dos títulos foi o já estabelecido pela tradição e pela crítica especializada. Em sua maioria, são obras de ficção e filosofia, embora possa haver textos sobre religião, poesia, política, psicologia e obras de autoajuda. Inauguram a coleção quatro textos clássicos: *Dom Casmurro*, de Machado de Assis; *O Príncipe*, de Maquiavel; *Mensagem*, de Fernando Pessoa; e *O lobo do mar*, de Jack London.

Nossa proposta é fazer uma coleção quantitativamente aberta. A periodicidade é mensal. Editorialmente, sentimo-nos orgulhosos de poder oferecer a coleção "A Obra-Prima de Cada Autor" aos leitores brasileiros. Nós acreditamos na função do livro.

---

* Atendendo a sugestões de leitores, livreiros e professores, a partir de certo número da coleção começamos a publicar, de alguns autores, outras obras além da sua obra-prima.

# A Pele do Lobo

Comédia em um ato

Escrita em 1875 e representada pela primeira vez
no Rio de Janeiro, no Teatro Fênix Dramática,
em 10 de abril de 1877

A
Antônio Fontoura Xavier

## Personagens

CARDOSO, *subdelegado*
AMÁLIA, *sua mulher*
APOLINÁRIO
PERDIGÃO
JERÔNIMO
MANUEL MARIA
VITORINO
O COMPADRE
UMA PARTE
DOIS SOLDADOS DE POLÍCIA

*A cena passa-se no Rio de Janeiro.*
*Atualidade.*

# Ato único

*Sala, secretária, relógio de mesa, etc., etc.*

### Cena I
CARDOSO, AMÁLIA (*Vestidos para a cerimônia e prontos para sair.*), UMA PARTE (*Que logo sai, à porta do fundo.*)

CARDOSO — Sim, senhor; sim, senhor! Pode ir com Deus. Descanse, que hoje mesmo serão dadas as providências que o caso exige.

PARTE — Às ordens de Vossa Senhoria. (*Retira-se.*)

CARDOSO — Safa!

AMÁLIA (*Erguendo-se.*) — Deixar-te-ão desta vez?

CARDOSO (*Passeando.*) — E metam-se!

AMÁLIA — Hein?

CARDOSO — E metam-se a servir o país!

AMÁLIA — Para que aceitaste esta maldita subdelegacia?

CARDOSO (*Ainda passeando.*) — Eu não aceitei: pedi. Mas já tenho dito um milhão de vezes que os serviços prestados ao país e ao partido pesam muito no ânimo daqueles que me podem fazer galgar mais um degrau na escala social.

AMÁLIA — Deixa-te disso, Cardoso; um degrau dessa tão falada escala social não vale decerto o sacrifício que te custa essa autoridade de ca-ca-ra-cá. São uns desfrutadores, eis o que são! Hás de ser pago com um pontapé. Verás!

CARDOSO — Hei de ser promovido na primeira vaga que aparecer. O Cantidiano está por pouco a bater a bota. Verás se o lugar é ou não é meu!

AMÁLIA — Fia-te na Virgem e não corras.

CARDOSO — E uma vez que aceitei o cargo...

AMÁLIA — A carga, deves dizer.

CARDOSO — Venha com ele o sacrifício. Antes de tudo o dever!

AMÁLIA — Estamos prontos para sair há duas horas.

CARDOSO (*Consultando o relógio de mesa.*) — Há duas horas e dois minutos.

AMÁLIA (*Embonecando-se ao espelho.*) — Creio que não chegamos a tempo para o batizado.

CARDOSO — Que remédio terão eles, senão esperar pelos padrinhos?

AMÁLIA — E o carro na porta há tanto tempo!

CARDOSO — Anda com isso, anda com isso! E metam-se!

AMÁLIA — Hein?

CARDOSO — E metam-se a servir o país!

AMÁLIA — Vamos. Não percamos mais tempo.

CARDOSO — Vamos. (*Vão saindo. Batem palmas*.)

AMBOS — Bateram.

CARDOSO — Quem é?

APOLINÁRIO (*Fora.*) — Sou eu.

AMÁLIA — Eu quem?

APOLINÁRIO (*No mesmo.*) — Um criado de Vossa Senhoria.

CARDOSO — Entre quem é.

AMÁLIA — Temo-la travada! (*Entra Apolinário. Pisa macio e fala descansado.*)

## Cena II
OS MESMOS *e* APOLINÁRIO

APOLINÁRIO (*À porta do fundo.*) — Dá licença, senhor subdelegado?

CARDOSO — Entre, senhor. (*Vai outra vez pôr o chapéu na secretária.*)

APOLINÁRIO (*Entrando e sentando-se em uma cadeira que deve estar no meio da cena.*) — Não se incomode Vossa Senhoria. Estou muito bem. Vossa Senhoria como tem passado?

CARDOSO — Bem, obrigado. O que pretende o senhor?

APOLINÁRIO — Sua senhora tem passado bem, senhor subdelegado?

AMÁLIA — Bem, obrigada. O senhor o que pretende?

APOLINÁRIO — Ah! estava aí, minha senhora? Os meninos estão bons?

AMÁLIA — Que meninos, senhor?

APOLINÁRIO — Os seus filhos, minha senhora.

AMÁLIA — Não os tenho. E esta!

APOLINÁRIO — Pois levante as mãos pra o céu e dê graças a Nosso Senhor Jesus Cristo! (*Sinais de impaciência em Cardoso e Amália.*) Eu tenho três, três! Todos três machos, felizmente. Mas que consumição! Que canseira! Quando não está um doente, está outro; quando não está outro, está outro; quando não está nenhum, está a mãe; quando não está a mãe, está o pai. Às vezes estão, filhos e pais, todos doentes. É preciso chamar a vizinha para dar-nos qualquer coisa. É uma lida, minha rica senhora! Peça a Deus que lhe não dê filhos. Olhe... (*Mostra-lhe a cabeça.*) Não vê?

AMÁLIA — O quê? O quê?

APOLINÁRIO — Já estou pintando... Ainda anteontem... Anteontem não... Quando foi, Apolinário? Segunda... terça... Foi anteontem mesmo... Eu tinha acabado de tomar o meu banhinho e de ouvir minha missinha...

CARDOSO (*Interrompe-o.*) — Meu caro senhor, tomo a liberdade de preveni-lo que temos muita pressa e não podemos perder tempo. Íamos saindo justamente quando o senhor entrou...

APOLINÁRIO (*Erguendo-se.*) — Nesse caso, senhor doutor...

CARDOSO — Perdão; não sou doutor.

APOLINÁRIO — Fica para outro dia... Eu vinha dar minha queixa, mas... (*Cumprimenta.*) Senhor doutor... minha senhora... (*Vai saindo.*)

CARDOSO — Venha cá, senhor: já agora diga o que pretende.

APOLINÁRIO (*Voltando-se e preparando-se como para um discurso, com força.*) — Senhor subdelegado...

CARDOSO — Não é preciso gritar tanto...

APOLINÁRIO — Esta noite fui roubado.

CARDOSO — Diga.

APOLINÁRIO — Dezoito cabeças de criação... dezoito ou dezenove... Ontem esteve em nossa casa um cunhado meu, irmão de minha mulher, empregado no Arsenal de Guerra, e não tenho certeza de que ele levasse alguma galinha consigo, mas creio que não. Em todo caso, foram dezoito ou dezenove cabeças, não falando em um bonito galo de crista, que comprei no mercado, não há quinze dias.

CARDOSO — Muito bem. O senhor chama-se...

APOLINÁRIO — Apolinário, um criado de Vossa Senhoria.

CARDOSO — Apolinário de quê?

APOLINÁRIO — Apolinário da Rocha Reis Paraguaçu. (*Dando um cartão.*) Olhe, aqui tem Vossa Senhoria meu nome e morada.

CARDOSO — Bem; pode ir descansado, que serão dadas as providências que o caso exige.

APOLINÁRIO (*Preparando-se outra vez para um discurso e elevando muito a voz.*) — Ainda não fica nisso, senhor doutor!

CARDOSO — Já tive ocasião de dizer-lhe, primeiro, que não é preciso gritar tanto; segundo, que não sou doutor.

APOLINÁRIO (*Com a mesma inflexão, porém baixinho.*) — Não fica nisso! Eu conheço o gatuno!

CARDOSO — E por que estava calado?

AMÁLIA (*Não se podendo conter.*) — Com efeito, Sr. Paraguaçu!

APOLINÁRIO (*Atarantado.*) — Hein! (*Falando cada vez com mais descanso.*) Não conheço eu outra coisa! Chama-se Jerônimo de tal, um ilhéu, um vagabundo, que foi há tempos cocheiro de bondes e agora não sai da venda de seu Manuel Maria, ao qual dizem que vende por um precinho de amigo, o que... (*Ação de furtar.*) Vossa Senhoria sabe qual é a venda de seu Manuel Maria? É a que fica mesmo em frente à casa de meu cunhado, do mesmo que esteve ontem em nossa casa, e sobre o qual estou em dúvida se levou ou não a galinha. (*A Amália.*) Mas que bonito galinho, senhora! Vossa Senhoria dava oito mil-réis por ele com os olhos fechados... Era branco, branquinho, como aqueles patinhos do Passeio Público. Uma crista escarlate! Que bonito galo!

CARDOSO — Vamos! Não temos tempo a perder! Faça o favor de sentar-se àquela mesa e dar a queixa por escrito.

APOLINÁRIO — De muito bom gosto, senhor doutor. (*Obedece.*)

CARDOSO — E o senhor a dar-lhe! Já lhe disse que não sou doutor.

APOLINÁRIO — Isso é modéstia de Vossa Senhoria.

AMÁLIA — Parece de propósito, Sr. Paraguaçu.

CARDOSO — Deixa-o lá. (*Vai para junto de Amália.*) Que maçador! E metam-se!

AMÁLIA — Não chegaremos a tempo.

APOLINÁRIO (*À mesa.*) — Esta pena está escarrapachada, senhor subdelegado...

CARDOSO — Vou dar-lhe outra... vou dar-lhe outra...

AMÁLIA — Anda... Tem paciência... Acaba com isso. (*Cardoso vai abrir a secretária e muda a pena da caneta.*)

APOLINÁRIO — Muito obrigado! Que incômodo tem tomado Vossa Senhoria! Mas também não há quem não diga à boca cheia: "Aquilo é que é um subdelegado! Zelo até ali!... É o pai das partes!"

CARDOSO — Faça o favor de escrever o que tem de escrever...

APOLINÁRIO — Às ordens de Vossa Senhoria. (*Escreve*.)

CARDOSO (*Voltando para junto de Amália*.) — Decididamente peço a demissão!

AMÁLIA — Isso é o que já devias ter feito há muito tempo.

CARDOSO — Olha que é bem difícil suportar uma maçada assim... E metam-se!

AMÁLIA — Hein?

CARDOSO — E metam-se a servir o país!

AMÁLIA — Pede a demissão, Cardoso, pede a demissão.

APOLINÁRIO (*Da mesa*.) — Senhor subdelegado, faça o favor de me dizer o modo por que devo principiar este requerimento... Em matéria de polícia sou completamente leigo... Diga-me só o cabeçalho... O cabeçalho! O resto vai...

CARDOSO — Ai, Sr. Paraguaçu! O senhor é maçante! Tenho estado a aturá-lo há meia hora!

AMÁLIA (*Olhando o relógio*.) — Há meia hora e sete minutos.

CARDOSO — Estamos muito apressados, meu caro senhor... não posso estar com isso...

APOLINÁRIO — Eu quis retirar-me quando Vossa Senhoria disse que...

CARDOSO — Vamos lá! Escreva no alto — Ilustríssimo Senhor.

APOLINÁRIO — O Ilustríssimo Senhor — já cá está.

CARDOSO — Bem (*Ditando*.) — "O abaixo assinado, morador nesta freguesia, à rua de tal, número tal"...

APOLINÁRIO (*Escrevendo*.) — ...número treze...

CARDOSO — "Queixa-se a Vossa Senhoria de que, ontem, às tantas horas da noite..."

APOLINÁRIO — "Queixa-se" é com *x* ou *ch*?

AMÁLIA — Oh! céus! (*Rindo-se*.)

CARDOSO — Como quiser! Não faço questão de ortografia.

APOLINÁRIO — Vai com *ch*. (*Acabando*.) ... "da noite"...

CARDOSO — Como está?! (*Vendo*.) Fulano de tal, tal, tal. Ah! (*Ditando*.) "Furtaram-lhe tantas galinhas..."

APOLINÁRIO (*Escrevendo*.) — ... "e um galo de crista"...

CARDOSO — "...as suspeitas de cujo furto faz recair em Fulano de Tal." (*Consultando o relógio*.) E metam-se!

APOLINÁRIO (*Escrevendo*.) — "Fulano de tal, vulgo Barriga-cheia." Pronto!

CARDOSO — Na outra linha: "Deus guarde a Vossa Senhoria".

APOLINÁRIO — ... "a Vossa Senhoria"...

CARDOSO — Na outra linha: "Ilustríssimo Senhor Subdelegado de tal freguesia."

APOLINÁRIO — Pronto.

CARDOSO — Assine.

APOLINÁRIO — ... "Apolinário da Rocha Reis Paraguaçu". (*Erguendo-se*.) Pronto.

CARDOSO — Bem; agora pode ir descansado, que serão dadas as providências que o caso exige.

APOLINÁRIO — Com licença, senhor subdelegado... Às ordens de Vossa Senhoria...

CARDOSO — Passe bem.

APOLINÁRIO — Minha senhora...

AMÁLIA — Viva. (*Volta-lhe as costas*.)

APOLINÁRIO — Sem mais incômodo. (*Saída falsa*.)

CARDOSO — Safa!

AMÁLIA — Saiamos, saiamos quanto antes! Pode vir outro... (*Vão saindo*.)

APOLINÁRIO (*Voltando*.) — Ia-me esquecendo, senhor subdelegado...

CARDOSO — Outra vez!

AMÁLIA — Assustou-me até!

CARDOSO — O que mais deseja?

APOLINÁRIO — Hoje, logo depois do almoço, encontrei-me cara a cara com o tal Jerônimo!

CARDOSO — Que Jerônimo, senhor?

APOLINÁRIO — O Barriga-cheia, o tal que me furtou as galinhas...

CARDOSO — E o que tenho eu com isso, não me dirá?

APOLINÁRIO — Direi, sim, senhor. Com licença. (*Desce à cena e senta-se.*) Chamei-o de ladrão! Disse-lhe assim: "Você é um ladrão!" — Com licença da senhora...

AMÁLIA — E o que tem meu marido com isso?

APOLINÁRIO — É que o sujeito tomou três testemunhas, e diz que me vai processar por crime de injúrias verbais.

CARDOSO — Mas, enfim, faz favor de me dizer para que voltou cá?

APOLINÁRIO — Vim prevenir a Vossa Senhoria de que...

CARDOSO — Vá prevenir ao diabo que o carregue!

APOLINÁRIO (*Levantando-se.*) — Senhor doutor.

CARDOSO (*Gritando.*) — Já lhe disse que não sou doutor!

APOLINÁRIO (*Imitando-o.*) — Isso é modéstia de Vossa Senhoria!

CARDOSO — Saia! Ponha-se ao fresco! Supõe o senhor que sirvo de joguete?

APOLINÁRIO — Mas Vossa Senhoria...

CARDOSO — Saia!

APOLINÁRIO — É que ...

AMÁLIA — Oh! senhor, já é a terceira vez que se lhe diz — saia.

APOLINÁRIO — Minha senhora, eu... (*Tornando a sentar-se, com todo o sossego.*) Com licença...

AMÁLIA — Oh! isto é demais!

CARDOSO — Então, não ouve!

APOLINÁRIO — Quero justificar-me!

CARDOSO (*Ameaçador.*) — Cuidado, Sr. Paraguaçu!

APOLINÁRIO — Bem, Vossa Senhoria está em sua casa: manda. (*Levantando-se e cumprimentando.*) Às ordens de Vossa Senhoria.

CARDOSO — Viva! Há mais tempo! (*Passeia agitado.*)

APOLINÁRIO — Minha senhora...

AMÁLIA — Passe bem. (*Saída falsa de Apolinário.*) Que inferno! que inferno! E metam-se!

APOLINÁRIO (*Voltando.*) — Acredite, senhor doutor, que eu não queria de forma alguma...

CARDOSO (*Desesperado.*) — Ah! ele é isso? (*Agarra uma cadeira e levanta-a, correndo para Apolinário.*)

AMÁLIA (*Muito aflita.*) — Ah! (*Suspende o braço de Cardoso. Ficam todos numa posição dramática.*)

APOLINÁRIO (*Com todo o sangue-frio.*) — Tableau. (*Desaparece.*)

## Cena III
### CARDOSO e AMÁLIA

CARDOSO — Vês, Sinhá, vês como um homem se deita a perder?

AMÁLIA — Sim, sim, mas vamos, anda daí!

CARDOSO (*Caindo na cadeira que tinha nas mãos.*) — E que dor de cabeça fez-me este bruto!... E metam-se!

AMÁLIA — Hein?

CARDOSO — E metam-se a servir o país!

AMÁLIA — Espera... vou buscar a garrafinha de água-flórida. (*Sai e volta com a garrafinha.*)

CARDOSO — Depressa... depressa, Sinhá! (*Amália esfrega-lhe as frontes com água-flórida.*) Bem... basta... Está pronto... Ai! que ferroadas! Deita a garrafinha em cima a mesa e vamos, vamos! (*Amália deita a garrafinha sobre a mesa e vai dar o braço a seu marido.*)

AMÁLIA — Vamos! (*Saem e voltam.*) Esqueci-me do leque. (*Entra à direita baixa.*)

CARDOSO (*Falando para dentro.*) Que demora, Sinhá, que demora! Ainda há de vir alguém, verás! (*Passeia.*) Então não achas esse leque! Ai! minha cabeça! E metam-se! (*Quebra-se alguma coisa dentro.*) O que foi isso?! O que foi isso?! (*Corre também para a direita baixa.*)

AMÁLIA (*Dentro.*) — O meu frasco de água da Colônia!

CARDOSO (*Dentro.*) — Que pena!

AMÁLIA (*Dentro.*) — Ah! cá está o leque! (*Voltam à cena, de braço dado, e dirigem-se para a porta.*)

CARDOSO — Já estou suando. (*Procura nos bolsos.*) Não tenho lenço.

AMÁLIA — Oh! que maçada! Quanto mais pressa, mais vagar. (*Sai correndo pela direita baixa.*)

CARDOSO — E metam-se, hein! E metam-se a servir o país!

AMÁLIA (*Voltando com um par de meias na mão.*) — Toma, toma... Apre! (*Dá-lho.*)

CARDOSO — Isto é um par de meias, Sinhá! Estás a meter os pés pelas mãos! (*Restitui-lho.*)

AMÁLIA — Como está esta cabeça, meu Deus! (*Sai e volta com um lenço.*) Toma... Vamos... Uf!

CARDOSO — Vamos! (*Encaminham-se para a porta. Batem palmas.*)

AMBOS — Ah!

CARDOSO (*Fora de si.*) — Não estou em casa!

JERÔNIMO (*Aparecendo, de chapéu na cabeça.*) — Licença para um...

**Cena IV**
OS MESMOS e JERÔNIMO

CARDOSO — Então é assim que se entra em casa alheia?

JERÔNIMO (*Sombrio.*) — Assim como? A casa da autoridade é uma repartição pública. (*Deita no chão a cinza de um cachimbo; e escarra na parede.*)

CARDOSO — E que tal?

AMÁLIA — Vê o que ele quer, Cardoso.

JERÔNIMO — Venho preveni-lo de que é falso o que lhe veio hoje dizer um tal Paraguaçu, acerca de um furto de galinhas. É provável que ele lhe dissesse que eu, Jerônimo Linhares, vulgo Barriga-cheia, sou o autor desse furto, como andou por aí dizendo a quem quis ouvi-lo. É falso! (*Cospe outra vez na parede.*)

AMÁLIA (*Empurrando um escarrador com o pé.*) — Faz favor de não cuspir no chão... Aqui tem o escarrador... (*Jerônimo nem olha para Amália.*)

CARDOSO — Era só isso? Estou ciente.

JERÔNIMO — Não, senhor; por isto só não vinha eu cá, ora viva! Venho queixar-me do queixoso por crime de injúrias verbais. Chamou-me de ladrão, e, se quiser o mais, mande aquela mulher para dentro. (*Cospe outra vez na parede.*)

CARDOSO — Pois apresente a queixa e as testemunhas.

JERÔNIMO — A queixa aqui está. (*Apresenta um papel sujo, que Cardoso pega com repugnância. Vai à porta do fundo.*) Ó compadre! Ó seu Manuel Maria? Ó seu Vitorino? Podem entrar... Nada de cerimônias!

CARDOSO (*A Amália.*) — O tratante dispõe desta casa como se fosse sua!

## Cena V
OS MESMOS, MANUEL MARIA, *depois* O COMPADRE, *depois* VITORINO

MANUEL MARIA (*Entrando.*) — Aqui estou eu!

COMPADRE (*Entrando.*) — E eu...

VITORINO (*Entrando.*) — E eu...

AMÁLIA — Cardoso, dize-lhes que venham em outro dia... (*À parte.*) Como cheiram a cachaça!

CARDOSO — Meus senhores, tenham a bondade de voltar amanhã.

JERÔNIMO — Aí vem o maldito sistema da demora e do papelório.

CARDOSO — Cala-te daí, insolente, que não tens autoridade para fazer considerações neste lugar... Apareçam terça-feira ou mesmo amanhã! Mas terça-feira é melhor, porque é o dia da audiência. Não posso estar agora com isto... Estamos prontos para sair há muito tempo!

AMÁLIA — Há três horas!

CARDOSO (*Consultando o relógio.*) — Há três horas e três minutos!

JERÔNIMO (*Cuspindo na parede.*) — Então, podiam ter dito logo! Escusava a gente de estar aqui à espera! É isto sempre! A autoridade vai para a pândega, e o povo que sofra!

CARDOSO — Insolente! Espera que te ensino! (*Agarra numa cadeira que está perto do toucador.*)

AMÁLIA — Cardoso! O que vais fazer?!...

JERÔNIMO — Ah! ele é isso? (*Tira uma faca e deita a correr atrás de Cardoso. Amália fecha-se no quarto. As três testemunhas correm atrás de Jerônimo, para retê-lo. Cardoso apita.*)

MANUEL MARIA — O que é isto, seu Jerônimo?!

COMPADRE — Compadre, tenha mão!

VITORINO — Não se deite a perder!
(*Cardoso continua a apitar. Confusão.*)

AMÁLIA (*Grita de dentro.*) — Aqui d'el-rei!

## Cena VI
OS MESMOS *e* DOIS SOLDADOS

SOLDADOS — O que é isto? O que é isto?... (*Correm todos em redor da cena.*)

CARDOSO — Prendam-no! prendam-no! (*Jerônimo é afinal preso.*) Levem-no! (*Os soldados levam o preso. Saem também as testemunhas.*)

## Cena VII
CARDOSO, *depois* AMÁLIA

CARDOSO (*Caindo extenuado em uma cadeira.*) — Uf!

AMÁLIA (*Entrando.*) — Feriu-te o maldito, feriu-te?

CARDOSO — Creio que não. (*Apalpando-se.*) Não feriu, não, Sinhá! Se não fossem as ordenanças que estavam na porta, a estas horas estavas viúva!

AMÁLIA — Credo! Viúva!

CARDOSO — Maldita subdelegacia! Maldita a hora em que aceitei semelhante cargo!

AMÁLIA — Como estás suando! Essa camisa está incapaz de aparecer no batizado...

CARDOSO — É verdade! O batizado! Vou mudar de camisa...

AMÁLIA — Mas isso depressa... depressa! (*Saída falsa de Cardoso.*) Oh! Senhor Deus! Isto contado lá se acredita! É bem feito, senhor meu marido, é bem feito! Quem não quiser ser lobo, não lhe vista a pele. (*Rolo na rua. Apitos. Gritos. Pancadaria. Amália vai à janela.*) Que vejo! Uma malta de capoeiras! Cardoso! Cardoso! Não tardam a entrar...

CARDOSO (*Entra em mangas de camisa e com o fitão de subdelegado.*) — O que é isto? (*Espirra.*) Atxim! constipei-me... Atxim! O que é isto? Atxim! Atxim! (*Sai a correr pelo fundo.*)

## Cena VIII
AMÁLIA, *depois* PERDIGÃO

AMÁLIA — Meu Deus! Hoje parece ser o dia de São Bartolomeu! Se não anda o diabo solto na cidade, ao menos nesta freguesia...

PERDIGÃO (*Entra apressado pelo fundo, vestido para a cerimônia.*) — Ó compadre! Ó comadre!

AMÁLIA — Mais uma parte!

PERDIGÃO — Deixe-se de partes!

AMÁLIA — Meu marido não está... (*Reparando.*) Ah! é o compadre!

PERDIGÃO — Estamos até estas horas à espera dos padrinhos, e nada!

AMÁLIA — Queixe-se da maldita subdelegacia, compadre! Estamos vestidos há três horas... (*Consultando o relógio.*) Há três horas e um quarto...

PERDIGÃO — Ora! Para que foi o compadre buscar sarna para se coçar...

AMÁLIA — O compadre não imagina! Quantas vezes, alta noite, está ele sossegado a dormir, quando, de repente, é despertado pelas malditas partes...

PERDIGÃO — Por força!

AMÁLIA (*Indo à janela.*) — Já está aplacado o rolo... (*Voltando.*) Hoje quase o matam!

PERDIGÃO (*Dando um salto.*) — A quem?

AMÁLIA — Ao Cardoso.

PERDIGÃO — Ah! ele descia a escada com tanta impetuosidade! Ia em mangas de camisa e de fitão... Olhem que figura! Espirrava, que era um Deus nos acuda! "Viva!", lhe disse eu; ele, porém, não me conheceu, apesar de responder: "*Dominus tecum*", em vez de: "Obrigado!"

## Cena IX
OS MESMOS e CARDOSO

CARDOSO (*Entra e cai espirrando em uma cadeira.*) — Atxim!

PERDIGÃO — Viva!

CARDOSO — *Dominus te...* Quero dizer: Obrigado... Atxim! Ah! é o senhor, compadre? Desculpe.

PERDIGÃO — Já sei de tudo... Está mais que desculpado... Mas não perca tempo!

AMÁLIA — Sim, não percamos tempo!

CARDOSO — Vamos! (*Ergue-se e deita o chapéu.*) Estou pronto!

PERDIGÃO — Em mangas de camisa, compadre?

CARDOSO — É verdade! (*Corre ao quarto e volta vestindo a casaca.*)

AMÁLIA — De fitão, Cardoso?

CARDOSO — É verdade! (*Despedaça o fitão zangado.*) Atxim!

PERDIGÃO — Já leu o que traz hoje o *Jornal* a seu respeito?

CARDOSO — Já: descompostura bravia! É o pago que dão a tantos sacrifícios.

PERDIGÃO — Diga antes: é o castigo que infligem ao erro de aceitá-los.

AMÁLIA (*Impaciente.*) — Vamos embora! (*Vão todos saindo.*)

## Cena X
OS MESMOS *e um* SOLDADO

SOLDADO (*A Cardoso.*) — Trouxeram este ofício e esta carta para Vossa Senhoria. (*Entrega a carta e o ofício, e sai.*)

CARDOSO — Dê cá. (*Abrindo a carta.*) Com licença. (*Lê.*) É um bilhete em que o oficial do gabinete do ministro me participa haver sido nomeado outro para a vaga do Cantidiano... E metam-se!

PERDIGÃO — Hein?

CARDOSO — E metam-se a servir o país! (*Abrindo o ofício.*) Com licença! (*Depois de ler o ofício.*) Sabem o que é? Minha demissão.

PERDIGÃO *e* AMÁLIA — Demissão!

CARDOSO — À vista do que a meu respeito tem aparecido na imprensa periódica!

PERDIGÃO — Não falemos mais nisso! Vamos embora.

CARDOSO — Poupou-me o trabalho de pedi-la.

AMÁLIA — Quem não quiser ser lobo...

PERDIGÃO — Mas o compadre acaba de despir a pele do lobo. (*Apanhando o fitão.*) Ei-la!

CARDOSO — Atxim! (*Saem todos três.*)

(*Cai o pano*)

# O Badejo

Comédia em três atos, em verso

Representada pela primeira vez no Rio de Janeiro, no Teatro São Pedro de Alcântara, no dia 15 de outubro de 1898, por iniciativa do Centro Artístico, pelo corpo cênico do Elite-Club.

Ao
Doutor João do Rego Barros
amigo da arte e dos artistas
O.D.C.
Artur Azevedo

## Personagens

JOÃO RAMOS
LUCAS
BENJAMIN FERRAZ
CÉSAR SANTOS
UM COZINHEIRO
UM COPEIRO
AMBROSINA
D. ANGÉLICA

*A cena passa-se no Rio de Janeiro.
Atualidade.*

# Ato primeiro

Sala de visitas, bem mobiliada, em casa de João Ramos. Três portas ao fundo, dando para o jardim. Uma porta à direita comunicando com a sala de jantar e outra à esquerda, dando para os dormitórios. À esquerda uma mesa com álbuns, porta-cartões, etc. À direita um sofá. Consolo ao fundo. Piano. Cadeiras.

### Cena I
JOÃO RAMOS (*Só.*)

RAMOS (*Só.*) — O almoço com certeza vai custar-me
　　　　　　Uns duzentos mil-réis, afora os vinhos;
　　　　　　Mas se caso a Ambrosina, ainda é barato,
　　　　　　Porque muito me custa a senhorita.
　　　　　　Das minhas rendas a metade vai-se
　　　　　　Em vestidos, chapéus, leques e luvas,
　　　　　　Espetáculos, bailes e concertos;
　　　　　　Ela casada, cessam tais despesas;
　　　　　　É preciso, porém, que o noivo seja
　　　　　　Um rapaz sério e não nenhum pelintra
　　　　　　Que deseje viver à minha custa:
　　　　　　Pior seria a emenda que o soneto.
　　　　　　Mas não são as despesas que me ralam;
　　　　　　Não sou unhas de fome, Deus louvado;
　　　　　　Rala-me a ideia de bater a bota,

E deixar a pequena sem marido,
Exposta sabe Deus a que perigos!
Dirão que meto minha filha à cara
Dos pretendentes; ora adeus! que o digam!
A Ambrosina já fez vinte e dois anos:
É tempo de arranjar-lhe casamento.

## Cena II
JOÃO RAMOS, D. ANGÉLICA, o COZINHEIRO

ANGÉLICA — Ora aqui tens o nosso cozinheiro.
Desejavas ouvi-lo: aqui to trago.
Entra, Fabrício.
(*O cozinheiro entra.*)
Quer saber teu amo
O que arranjaste para o almoço. Fala.

O COZINHEIRO — Não pode ser melhor o meu cardápio.

RAMOS — Cardápio? Não conheço essa palavra!

O COZINHEIRO — Foi arranjada pelo Castro Lopes.
Eu não digo *menu*, que é francesismo.

RAMOS — Temos um cozinheiro literato!

O COZINHEIRO — Literato não sou, mas sou purista;
Embirro com palavras estrangeiras.
Hoje, que tudo se nacionaliza,
Nacionalize-se a cozinha!

RAMOS — Bravo!

O COZINHEIRO — Eu, diante do fogão, diante do forno,
Sou até jacobino!

RAMOS — Jacobino?
Lá como cozinheiro pode sê-lo,
Mas tão somente como cozinheiro,

Pois, conquanto eu viesse com dez anos
Para o Brasil, sou português, entende?
Jacobinos dispenso em minha casa!

O COZINHEIRO — Sou jacobino apenas cozinhando.

RAMOS — Pois cozinhando não devia sê-lo:
Você é um artista!

O COZINHEIRO — Eu, um artista?

RAMOS — Sim, um artista da arte culinária,
E a arte não tem pátria! Porém, vamos...
Diga lá o que temos para o almoço.

O COZINHEIRO — Em primeiro lugar os acepipes.
*Hors-d'oeuvres* não direi nem que me rachem!
Temos uma salada de lagostas.

RAMOS — Muito boa lembrança. Que mais temos?

O COZINHEIRO — Sardinhas, azeitonas, rabanetes,
Manteiga fresca...

RAMOS — E além dos acepipes?

O COZINHEIRO — Um enorme badejo.

ANGÉLICA — Que badejo!
Tão grande nunca vi!

RAMOS — E está bem fresco?

ANGÉLICA — Vivo a casa chegou.

O COZINHEIRO — Soltou, coitado,
Nas minhas mãos o derradeiro alento!
De camarões uma fritada temos,
Um primor culinário! Três galinhas
De cabidela. Espargos em manteiga.

              E, para terminar, um bom churrasco.
              Sorvetes de caju, frutas à ufa,
              Queijo do reino, requeijão de Minas,
              Baba de moça e doce de laranja.
              Se não satisfizer este cardápio,
              Que a espada de Vatel me arranque a vida!
              À exceção dos espargos e do queijo,
              O meu almoço é todo brasileiro!

RAMOS — Mas a vinhaça é toda portuguesa:
              Bucelas para acompanhar o peixe,
              Depois Colares da viúva Gomes,
              Vinho do Porto para a sobremesa
              E duas garrafinhas de Champanha
              Da marca Assis Brasil.

O COZINHEIRO — Estou contente,
              Pois vejo que o Brasil também figura
              Muito embora num rótulo.

ANGÉLICA — E os licores?

RAMOS — Deve ter vindo do armazém do Castro
              Uma garrafa de Beneditinos.
              (*Ao cozinheiro.*)
              Bom. Pode retirar-se, e se o almoço
              Ao meu gosto estiver, conte comigo.

O COZINHEIRO — Nenhuma recompensa mais desejo
              Que salvar os meus créditos de artista...

RAMOS — Da arte culinária. Vá s'embora.
              (O c*ozinheiro vai se retirando.*)
              É verdade. Ouça cá. Diga ao copeiro
              Que se apresente, pra servir a mesa,
              Encasacado e de gravata branca.

(*O cozinheiro sai.*)

## Cena III
JOÃO RAMOS, D. ANGÉLICA

ANGÉLICA — Espero agora que afinal me contes
A história deste almoço.

RAMOS — É muito simples.
Lembras-te que no baile do Cassino,
O César Santos, moço encaminhado,
Com porcentagem numa casa forte,
Namorou nossa filha à rédea solta?

ANGÉLICA — E depois desse baile, muito embora
Nós moremos tão longe da cidade,
Muitas vezes nos passa pela porta,
E até parado fica ali na esquina.

RAMOS — Muito bem. Dize mais: não te recordas
Que, quando fomos ao Teatro Lírico,
Ao benefício da Maragliano,
O Benjamin Ferraz, que é moço rico,
Estava na plateia e não tirava
Do nosso camarote os olhos lânguidos?
E acabado o espetáculo, correndo
Postou-se à porta pela qual saímos,
E suspirou quando passou por ele
Ambrosina?

ANGÉLICA — Um suspiro escandaloso,
De olhos voltados e de mão no peito!

RAMOS — E ele não passa pela nossa porta?

ANGÉLICA — Todas as tardes passa, embora chova.
O outro passa de bonde e este a cavalo.

RAMOS — Pois eu, sabendo dessas passeatas,
Embora tu não me dissesses nada,
Como os achei à mão, ambos, anteontem,
Por mero acaso, na confeitaria,

Fi-los sentar-se à mesa em que eu me achava,
Paguei-lhes o vermute, apresentei-os
Um ao outro, mostrei-me muito amável,
E lembrei-me afinal de convidá-los
Para almoçar conosco hoje, domingo.

ANGÉLICA — Porém com que intenções os convidaste?

RAMOS — Minha amiga, bem sabes que os bons noivos
Dificilmente conquistar-se podem
Vendo-os passar no bonde ou no cavalo;
É preciso atraí-los; casamentos,
É de portas a dentro que se arranjam.
Se teu pai não me houvesse convidado
Para jantar na casa dele um dia,
Por sinal que era o dia dos teus anos,
Talvez não nos casássemos tão cedo;
Mas convidou-me e, por cautela, à mesa,
Ao lado teu me fez ficar sentado.
Quando veio o peru, éramos noivos;
Tratavas-me por tu à sobremesa;
Um mês depois estávamos casados,
E dez meses depois éramos três!

ANGÉLICA — Mas meu pai convidou-te a ti somente.
E tu a dois convidas...

RAMOS — O que abunda
Não prejudica, diz o velho adágio.
Teu pai não era tolo, minha amiga,
Apesar de ter sido sapateiro,
E se não estava outro mancebo à mesa,
É que não tinhas outro namorado...

ANGÉLICA (*Rindo*.)
— Sabes tu lá se o tinha ou se o não tinha!

RAMOS — Com este almoço dois coelhos mato
De uma só cacheirada!

ANGÉLICA — És econômico!
Para dois namorados, dois almoços!

RAMOS — Se fossem vinte, vinte almoços? Boas!
Colocada a Ambrosina entre os dois jovens,
Escolher poderá muito à vontade.

ANGÉLICA — Mas é preciso preveni-la disso.

RAMOS — Justamente ela aí vem. Vamos falar-lhe.

**Cena IV**
RAMOS, D. ANGÉLICA, AMBROSINA

AMBROSINA — A bênção, papai? Bom dia!

RAMOS — Deus te abençoe, minha filha.
Mas como tu vens casquilha!
Há muito que não te via
Tão enfeitada e catita!

AMBROSINA — Oh! admira-se? Entretanto,
Ontem papai pediu tanto
Que me fizesse bonita!
Vê como estou imponente?
Que tal acha o meu vestido?

RAMOS — Muito espantado.

AMBROSINA — Duvido
Que papai diga o que sente.

RAMOS — De modas eu não entendo;
Sou ferragista, e asseguro
Que tenho juízo seguro
Sobre o que compro e o que vendo.
Quando alguém conhecer queira
A qualidade de um prego,
As minhas luzes não nego,

Posso falar de cadeira;
Mas quanto a farandulagens,
Fitinhas, laços, teteias,
Sou muito curto de ideias!
Cá comigo é só ferragens!
Mas, minha filha, acredita,
Quando o contrário suponhas:
Com qualquer trapo que ponhas,
Acho-te sempre bonita.
(*Dá-lhe um beijo.*)
Bom. Temos que conversar
Sobre outro assunto, faceira.
Senta-te nesta cadeira;
Entre nós dois vais ficar.
(*Coloca três cadeiras no proscênio; a do centro
para Ambrosina, a da direita para Angélica, e da
esquerda para si. Sentam-se todos três. Pausa.*)
Fala, Angélica!

ANGÉLICA — Ora essa!
Fala tu!

RAMOS — Tu!

ANGÉLICA — Tu!

RAMOS — Mulher,
Olha que eu não sei sequer
Por onde é que é que se começa!

AMBROSINA — É coisa grave?

RAMOS — Oh! bem grave!

ANGÉLICA — Anda! é o princípio que custa!

AMBROSINA — Tanta hesitação me assusta!

RAMOS — Não é nada que te agrave:
Trata-se de casamento.

AMBROSINA — De casamento?

RAMOS — É verdade!
(*Embaraçado e muito comovido.*)
Menina, chegaste à idade...
Chegaste ao feliz momento...
A felicidade tua
É o nosso constante fito,
E nós...
(*Passando os dedos nos olhos.*)
Lágrimas?... Bonito!...
(*A Angélica.*) Agora tu continua.

ANGÉLICA — Valha-te Deus! que maricas!
Por qualquer coisa tu choras!
Vamos! basta de demoras!

RAMOS — Eu... tu... eu...

ANGÉLICA — Vê em que ficas!
(*Arremedando-o.*)
Eu... tu... eu...

RAMOS — Então que queres?
Nem eu ouso, nem tu ousas!
Fala tu: para estas coisas
Têm mais talento as mulheres!

ANGÉLICA — Minha filhinha, teu pai
Convidou para um almoço
Aquele moço...

AMBROSINA — Que moço?

RAMOS — Dize-lhe o nome.

ANGÉLICA — Lá vai:
O César Santos?... Aquele
Que toda a tarde passeia
No bonde das cinco e meia?...

AMBROSINA — Sei quem é.

RAMOS — Tu gostas dele?

AMBROSINA — Eu não gosto nem desgosto...

ANGÉLICA — E foi também convidado
Aquele outro namorado?...
Quem é já sabes, aposto!

RAMOS — Dize o nome!

ANGÉLICA — Espera lá!
Ou falas tu ou eu falo!

RAMOS — Bom.

ANGÉLICA — Aquele do cavalo?

RAMOS (*Fingindo que está montado a cavalo.*)
— Hein? Patati, patatá!

AMBROSINA — O Benjamin?

ANGÉLICA — Justamente:
O Benjamin.

RAMOS — Desse gostas,
Ou não gostas nem desgostas?

AMBROSINA — Sim... não...
É-me indiferente!...
Ambos à casa hoje vêm,
Pra que eu escolha?...

RAMOS — Decerto.
Examina-os bem de perto;
Vê qual dos dois te convém.

AMBROSINA — Oh! nenhum deles me traz

À vida novos encantos...

RAMOS — Sim?

AMBROSINA — Nem o tal César Santos,
Nem o Benjamin Ferraz.

ANGÉLICA — Mas tu gostas de outro?

AMBROSINA — Não.
Não acho quem me cative;
Até hoje nunca tive
Cuidados no coração.
Quando o César Santos passa,
E eu estou acaso à janela,
Não fujo... não saio dela...
Ele sorri... Acho graça...
Faz mal que eu também sorria?...
Namoro?... talvez que o seja;
Mas nisso amor ninguém veja...
Quando muito é simpatia.

ANGÉLICA — Filha, lá disse o poeta:
"Simpatia é quase amor"...

RAMOS — Pois seja o poeta quem for,
Disse uma asneira completa!
Não foi Camões com certeza!

ANGÉLICA — Foi Casimiro de Abreu.

RAMOS — Uma tolice escreveu;
Digo-o com toda a franqueza!

AMBROSINA — Quando passa o Benjamin,
Montado no seu cavalo,
E, sem tenção de esperá-lo,
Vejo-o sorrir para mim,
Eu lhe sorrio também...
Mas... que exprime este sorriso?

Que com ele simpatizo...
E papai diz muito bem:
Não é este sentimento
Um quase amor. Que esperança!
Minh'alma livre descansa,
Descansa o meu pensamento!
Não me persegue o desejo
De os ver passar pela porta.
E quando os vejo, que importa?
Que importa quando os não vejo?
Se papai julga que devo
Desde já mudar de estado,
Antes que tenha falado
Meu coração, não me atrevo
A contrariá-lo, oh! não!...
Mas entre os dois pretendentes,
Ambos pessoas decentes,
Não faço a menor questão.

RAMOS (*Erguendo-se.*) — Bravo!

(*Ambrosina e Angélica também se erguem.*)

AMBROSINA — Papai, se quiser,
Estude, examine, escolha;
Mas permita que eu me encolha...

RAMOS — Qualquer te serve?

AMBROSINA — Qualquer.

(*Lucas entra como um raio. Surpresa geral. Alegria.*)

## Cena V
JOÃO RAMOS, D. ANGÉLICA, AMBROSINA, LUCAS

LUCAS — Que Deus esteja nesta casa!

TODOS (*Contentes.*) — O Lucas!

LUCAS — O Lucas, sim, que, sem mandar aviso,
Abalou de São Paulo ontem cedinho,
Passou parte da noite num teatro,
Dormiu no Grande Hotel, onde espichado
Na cama, refletiu: de manhã cedo
Tomo o meu banho, faço a minha barba
E ao palacete vou do velho Ramos
Causar uma surpresa àquela gente.
Como é domingo, encontro o velho em casa
E chego a tempo de papar-lhe o almoço.

RAMOS — Fizeste bem, rapaz, mas que diabo!
Devias começar por abraçar-nos...
(*Abraçando Lucas*.)
Assim! Aperta-me estes velhos ossos!

LUCAS — As saudades são tantas, que receio
Esmagá-lo!

RAMOS — Esmagar-me? Então tu julgas
Que assim se esmague um português valente?

ANGÉLICA (*Abrindo os braços*.)
— Eu também quero o meu abraço!

LUCAS — É justo.

ANGÉLICA — Mas vê lá: não me esmagues!

LUCAS — Oh! descanse!
Muito bem sei como se abraçam damas!
(*Abraça-a*.)

ANGÉLICA — Agora, abraça a tua irmã de leite.

LUCAS — Ambrosina! Meu Deus! nestes três anos
Que diferença fez!

RAMOS — Desenvolveu-se...
Deitou corpo... cresceu...

LUCAS — Que diferença!
　　　　　Deixo um fedelho e encontro uma senhora,
　　　　　E mais linda que um anjo! Isto é possível...

ANGÉLICA — Bem sabes que ela tem a tua idade!

RAMOS — Abraça-a, vamos!

LUCAS — Não! eu não me atrevo!
　　　　　Na minha idade já se não abraçam
　　　　　Moças da minha idade...

ANGÉLICA — Ora que tolo!

LUCAS — Só num jogo de prendas, por sentença!

AMBROSINA — Sou tua irmã.

LUCAS — És minha irmã de leite.
　　　　　Essa irmandade não me impediria
　　　　　De casar-me contigo...
　　　　　(*Comicamente cerimonioso.*) Enfim, senhora,
　　　　　Como de Vossa Excelência os pais ordenam,
　　　　　Venha esse abraço!

AMBROSINA (*Lançando-se nos braços dele.*)
　　　　　— E esmaga-me, se queres!
　　　　　— Como está mamãezinha?

LUCAS — Boa e fera;
　　　　　São seu único mal saudades tuas.
　　　　　Mandou-te umas lembranças de São Paulo.

ANGÉLICA — É sempre a mesma tua mãe!

LUCAS — Coitada!
　　　　　Não quis que eu viesse ao Rio de Janeiro,
　　　　　Sem coisinhas trazer para Ambrosina;
　　　　　E durante a viagem vim comprando
　　　　　Tudo quanto se encontra no caminho:

                Queijos de Itatiaia e Campo Belo,
                E beijus de Belém. Essas lembranças
                Lá estão no Grande Hotel.

RAMOS — Por que motivo
            Não vieste hospedar-te em nossa casa?
            Pois não sabes que é teu tudo que é nosso?

LUCAS — Bem sei, mas receava incomodá-los.

TODOS — Oh!

LUCAS — Demais, moram longe da cidade,
            E eu a negócio vim, não a passeio.

RAMOS — E a casa como vai!

LUCAS — De vento em popa!
            Se a coisa prosseguir como tem ido,
            Eu serei, num futuro não remoto,
            Quase tão rico como o velho Ramos!
(*Dá uma pequena pancada no ventre de Ramos.*)

RAMOS (*Rindo.*) — O velho Ramos não é rico.

LUCAS — É rico;
            Mas tem o sestro de dizer que é pobre,
            Porque receia que lhe peçam chelpa.

RAMOS — Que grande malcriado me saíste!

LUCAS — Mas que me importa a mim o velho Ramos?
            Bem se me dá que seja rico ou pobre!
            (*Tomando ambas as mãos de Ambrosina.*)
            Quem me interessa és tu, és tu somente,
            Minha querida irmã, que tanto prezo!
            (*Com certa hesitação na voz.*)
            Então? quando se faz este casório?
            Já deves ter um noivo, ou, pelo menos,
            Um namorado, ou dois... Com esses olhos,

    E essa boca de fada, e esta elegância,
    E este pai, apesar de não ser rico,
    Deves ter pretendentes aos cardumes!

AMBROSINA — Tenho dois namorados.

LUCAS (*Com um sorriso forçado.*) — Dois apenas?

AMBROSINA — Pode ser que outros haja, mas ignoro.

RAMOS — Não podias chegar mais a propósito:
    Hoje vêm ambos almoçar conosco.

AMBROSINA — Convidou-os papai, para que eu possa,
    Depois de examiná-los bem de perto,
    Escolher o que deva ser meu noivo;
    Mas eu já disse que nem de um nem de outro
    Faço questão, e escolha qualquer deles.

LUCAS — Que singular filosofia a tua!
    Mas quem são esses dois rivais famosos?

RAMOS — O Benjamin Ferraz e o César Santos.

LUCAS — Não conheço.

RAMOS — Vais vê-los dentro em pouco.
    São dois tipos um do outro bem diversos.
    O César Santos, guarda-livros hábil,
    Interessado está numa das casas
    Mais importantes desta praça; é moço
    Ajuizado, refletido e sério;
    Tem feito economias, e de parte
    Já pôs alguns vinténs; possui dois prédios.
    O Benjamin Ferraz é muito rico:
    Herdou dos pais e ainda há de herdar dos tios,
    Que fazendeiros são. Monta a cavalo,
    Veste-se muito bem, e desconfio,
    Pela sua maneira de exprimir-se,
    Que literato ele é nas horas vagas.

LUCAS — E nas que não são vagas esse moço
　　　　Em que se ocupa?

RAMOS — Ora essa é boa! ocupa-se
　　　　Em ter muito dinheiro. Eu não conheço
　　　　Melhor ocupação.

LUCAS — Prefiro o outro.
　　　　(*Mudando de tom*.)
　　　　E por amor do guarda-livros hábil
　　　　E do janota que tão bem se exprime,
　　　　Temos então almoço ajantarado?

RAMOS — Lagostas... um badejo... uma fritada...
　　　　Galinhas... um churrasco... espargos, frutas,
　　　　Sorvetes, queijos, doces e mais doces,
　　　　E Bucelas, Colares e Champanha!

LUCAS — Não há que ver: tirei a sorte grande!
　　　　Eu vim ao cheiro de uns modestos bifes,
　　　　E caio em plenas bodas de Camacho!
　　　　Não esperava tanto!

RAMOS — Vai, Angélica,
　　　　Dar uma vista de olhos à cozinha,
　　　　E manda pôr mais um talher à mesa,
　　　　E vê lá se o copeiro pôs casaca.

ANGÉLICA — E tu, anda buscar na adega os vinhos.
(*Sai*.)

RAMOS — Tens razão. Já lá vou. Cá tenho a chave.
　　　　(*A Lucas*.) Quando há comes e bebes nesta casa,
　　　　Ela trata dos comes e eu dos bebes.
　　　　Bom. Até logo. Ó minha filha, fica
　　　　Fazendo companhia ao nosso Lucas. (*Sai*.)

## Cena VI
AMBROSINA, LUCAS

LUCAS — Com que então, vais casar?

AMBROSINA — Mas vê como estou fria...
 Oh! pelo gosto meu mais tempo esperaria;
 Porém papai não pensa infelizmente assim,
 E, pelos modos, quer ficar livre de mim.

LUCAS — Não creias que teu pai de ti livrar-te queira:
 Tem medo de morrer deixando-te solteira,
 É o que é. A intenção é boa; apenas, eu
 Me parece que o pior processo ele escolheu.
 O tal César e o tal Benjamin vão pensar
 Que o João Ramos a filha à força quer casar;
 Mais prudente seria esperar que viesse
 O noivo e não chamá-lo à casa, me parece.

AMBROSINA — Tens razão.

LUCAS — Não se mete à cara de ninguém
 Noiva que, como tu, tanto atrativo tem.

AMBROSINA — Isso é bondade tua.

LUCAS — E se ao velho não falo
 Deste modo, é porque não quero apoquentá-lo.
 Tu bem sabes de quanto eu lhe sou devedor:
 Ele foi para mim um grande protetor,
 Tão amigo, tão bom, tão desinteressado,
 Que um altar tem cá dentro e é para mim sagrado.
 Nas tristes condições em que eu ao mundo vim,
 Se não fosse teu pai, que seria de mim?
 Quando nasci, o meu já estava morto há meses;
 Minha mãe a miséria, a fome algumas vezes
 Sofreu, mas resistiu. Tu nasceras também;
 Adoeceu tua mãe; era preciso alguém
 Que as vezes lhe fizesse, e a minha então, coitada,
 Que era pobre, tão pobre, e pobre envergonhada,

Sozinha neste mundo, ao deus-dará, sem pão,
Precisava de alguém que lhe estendesse a mão...
E foi, como faria uma africana escrava,
Contigo dividir o leite que eu mamava.

AMBROSINA — Pobre da mamãezinha!

LUCAS — Eu fui muito feliz,
E ela também: teu pai, meu pai fazer-se quis.
Nem eu nem minha mãe saímos desta casa
Que nos cobriu a nós como de um anjo a asa.
Quando cresci, o velho à escola me enviou
E depois no comércio emprego me arranjou.
Para São Paulo fui. Sou quase independente.
E a quem o devo? A ele... a ele unicamente.

AMBROSINA — De nada valeria o muito que te fez,
Se tu não fosses bom.

LUCAS — Não seria, talvez,
Tão bom, se ele não fosse a bondade em pessoa.
Isso é o que me fez bom, e isso é o que te fez boa.
Mas falemos dos dois namorados. Teu pai
Quer que escolhas; pois bem: examiná-los vai
Minuciosamente, e um dos dois com certeza
Preferirás ao outro ao sairmos da mesa.
Está dito?

AMBROSINA — Pois sim.

LUCAS — Por meu lado, eu também
Verei dos dois qual seja o que mais te convém.

## Cena VII
AMBROSINA, LUCAS, JOÃO RAMOS, D. ANGÉLICA

RAMOS — Pronto! podem chegar os convidados!
No aparador alinham-se as garrafas,
E o diabo do copeiro, de casaca,

Parece até um cidadão conspícuo!

ANGÉLICA — Que bonito badejo é o rei da festa!...

RAMOS — Custou-nos vinte e cinco bagarotes
No mercado; não pode ser, portanto,
Um peixinho de pouco mais ou menos.
(*Esfregando as mãos.*)
Não tardam por aí os dois rapazes.

LUCAS — Eles que venham, porque estou com fome!
(*Toque de campainha elétrica.*)

RAMOS — Falai no mau...
(*Indo ao fundo e falando para fora.*)
Ó senhor César, entre!

(*Entra César Santos cerimoniosamente.*)

## Cena VIII
AMBROSINA, LUCAS, JOÃO RAMOS,
D. ANGÉLICA, CÉSAR SANTOS

CÉSAR — Minhas senhoras... Sr. Ramos... Creio
Que esperar não me fiz por muito tempo.

RAMOS — Pontualíssimo foi, foi cavalheiro.
(*Apresentando.*)
Minha mulher.

CÉSAR — Minha senhora, folgo
De conhecê-la.

ANGÉLICA — E eu igualmente folgo.
Faça favor.

(*Toma-lhe o chapéu e a bengala, que vai colocar sobre um móvel, ao fundo.*)

RAMOS (*Mostrando Ambrosina.*)
   — É minha filha. O amigo
   Há muito que a conhece. Já com ela
   Dançou num baile do Cassino.

CÉSAR — É exato.
   Foi uma honra que esquecer não pude,
   Pois me deixou recordações bem doces.

AMBROSINA (*Cumprimentando.*)
   — Agradecida.

RAMOS — O meu amigo Lucas.
   Quase meu filho... Um filho malcriado,
   Que ao pai não tem o mínimo respeito,
   E lhe dá piparotes na barriga!
   Mas é um herói! — tem só vinte e dois anos
   E é já negociante conceituado
   Na praça de São Paulo!...

CÉSAR — Cavalheiro.
   Consinta que lhe aperte a mão.

LUCAS — Não creia
   No que lhe está dizendo o Sr. Ramos.
   Como lhe devo a posição que ocupo,
   É muito exagerado a meu respeito,
   Para dar mais valor ao seu trabalho.

CÉSAR — As coisas como vão lá por São Paulo?

LUCAS — Que coisas?

CÉSAR — Os negócios. Interessa-me
   O comércio, e de nada mais cogito.

LUCAS — Os negócios vão bem.

CÉSAR — Não me parece;
   A baixa do café tem sido o diabo,

E esperança não há de que tão cedo
Ele suba,
(*A Angélica.*) não acha Vossa Excelência?

ANGÉLICA — Senhor, eu não entendo dessas coisas;
Só sei que tudo está bem caro agora,
E que um badejo, que custava dantes
Dez mil-réis, quando muito, agora custa
Vinte e cinco mil-réis!

CÉSAR — A carestia
Faz com que o povo sofra e sofra muito;
Mas o comércio sofre mais que o povo.
Na nossa praça a crise está medonha;
Muitas casas estão arrebentadas;
O câmbio esteve a cinco, é bem verdade,
E subiu depois disso a sete e meio,
Mas de novo tem ido para baixo,
E não há confiança nos efeitos
Do plano financeiro do governo.
Não acho que endireite a nossa praça,
Enquanto a taxa não subir a doze,
Pelo menos.
(*A Ambrosina.*) Não acha Vossa Excelência?

AMBROSINA — Eu nunca pude perceber o câmbio.

CÉSAR — Pois eu lhe explico: o câmbio representa...

RAMOS — E eu que não lhe ofereço uma cadeira?
Faz favor de sentar-se? Então? Sentemo-nos
Tanto se paga em pé como sentado!
(*Sentam-se todos.*)
Mas sobre outros assuntos conversemos,
E deixemos tranquilos os negócios.
Estes belos domingos foram feitos
Pra que a gente se esqueça da semana.

CÉSAR — Pois assunto não há que mais me agrade
Do que câmbio, café, preços-correntes...

RAMOS — Qual! isso é bom lá para baixo. Em casa
Gosto de ouvir falar de frioleiras.

LUCAS (*Baixo a Ambrosina.*)
— Desconfio que o noivo não te serve.

RAMOS — Eu sou negociante de ferragens,
E por meu gosto, não teria em casa
Nem trincos, nem martelos, nem argolas,
Nem pontas de Paris, nem dobradiças,
Nem nada que lembrasse o meu comércio.
Quando aos domingos eu me sento à mesa,
Desgostam-me os talheres, acredite,
Porque os tenho na loja; na cozinha
Não entro, só para não ver panelas!
Causam-me horror grelhas e caçarolas!

ANGÉLICA — E a história do canário?

RAMOS — Ah! é verdade!
Lembras-te ainda? Estávamos casados
Havia um mês, se tanto. O pai da Angélica
Um canário mandou-lhe de presente.
Ela estimava-o. Muito bem. Pedi-lhe
Um belo dia que o mandasse embora!

CÉSAR — O canário não era ferramenta!

RAMOS — Não, mas era preciso dar-lhe alpiste,
E o alpiste naquele tempo — sabe?
— Vendia-se nas lojas de ferragens.

(*Novo toque de campainha elétrica.*)

ANGÉLICA — Tocaram.

RAMOS (*Erguendo-se.*)
— Bom! é ele com certeza!
É o Benjamin Ferraz!
(*Vai ao fundo e fala para fora.*) A casa é sua.

*(Erguem-se todos. Entra Benjamin Ferraz.)*

## Cena IX
AMBROSINA, LUCAS, JOÃO RAMOS, D. ANGÉLICA, CÉSAR SANTOS, BENJAMIN FERRAZ, *depois um* COPEIRO

BENJAMIN — Minhas senhoras... cavalheiros... peço
    Mil perdões por chegar um pouco tarde.
    Foi do meu alfaiate a culpa inteira.
    Uma porção de tempo estive à espera
    De uma sobrecasaca que não veio.

LUCAS (*À parte.*)
    — Começa mal...

BENJAMIN — Esta já tem três meses,
    E já não está na moda; os figurinos
    Sobrecasacas apresentam hoje
    Fechadas mais em cima, e mais compridas,
    Dando pelo joelho. Quando eu entro
    Pela primeira vez em qualquer casa,
    Com toda a correção quero ser visto,
    Todas as regras sei do *savoir-vivre*[1].
    (*A Angélica.*)
    Depois deste cavaco indispensável,
    Permita, Excelentíssima Senhora,
    Que lhe ofereça a rosa mais bonita
    Que esta manhã no meu jardim banhavam
    As lágrimas do orvalho matutino.
    A rainha das flores simboliza
    A rainha do lar, a esposa honesta,
    A carinhosa mãe!

RAMOS (*À parte.*)
    — Parece um brinde.

ANGÉLICA — Muito obrigada pelo seu presente.

---

[1] Em francês: boa educação, etiqueta. (N. do E.)

BENJAMIN — Não há de quê, minha gentil senhora.

(*Angélica põe a rosa ao peito. Benjamin volta-se para Ambrosina.*)

> Para Vossa Excelência eu trouxe — e espero
> Que seja recebido com bondade —
> Este raminho de violetas brancas,
> Também do meu jardim. Flores modestas,
> Que o seu perfume docemente escondem.
> Simbolizam a cândida inocência
> Da bela virgem recatada e pura.

AMBROSINA — Agradecida.

RAMOS — À vista dos discursos.
Desobrigado estou de apresentar-lhe
Mulher e filha.

ANGÉLICA (*Tomando o chapéu e a bengala de Benjamin.*)
— Com licença.

BENJAMIN — Graças.

RAMOS (*Indicando César.*)
— Este já foi por mim apresentado.

BENJAMIN — Folgo de vê-lo.

RAMOS — O meu amigo Lucas.
É quase um filho.

LUCAS — Temos um fonógrafo?

RAMOS — Não tem ao pai o mínimo respeito...

LUCAS — E lhe dou piparotes na barriga;
Falta-me o *savoir-vivre*...

BENJAMIN — Oh, não! não creio!

LUCAS — Vim almoçar de jaquetão coçado!

BENJAMIN — Se é quase um filho, está no seu direito.

RAMOS — Mas é um herói! Tem só vinte e dois anos...

LUCAS — Vinte e dois anos e três meses justos.

RAMOS — E é já negociante acreditado
Na praça de São Paulo!

BENJAMIN — Então? já houve
Com essa idade marechais em França!
(*Apertando a mão a Lucas*.)
Eu tenho muita honra em conhecê-lo.

LUCAS — A honra é toda minha, cavalheiro.
(*Angélica, que tem saído, volta e diz baixinho a Ramos.*)

ANGÉLICA — O almoço está servido.

RAMOS (*Muito alto.*) — Meus senhores...

ANGÉLICA (*Tapando-lhe a boca.*)
— Espera que o copeiro dizer venha.

RAMOS (*Baixo.*)
— É verdade, o copeiro de casaca...
(*Entra o copeiro.*)
Ei-lo! Faz um vistão! Gosto daquilo!

O COPEIRO — O almoço está na mesa. (*Sai.*)

RAMOS — Meus amigos,
Vamos ao nosso almoço, prontamente,
Que já temos o estômago a dar horas.

(*Benjamin e César oferecem ambos o braço a Ambrosina.*)

BENJAMIN — O meu braço aqui tem, minha senhora.

CÉSAR — Minha senhora, ofr'eço-lhe o meu braço.

AMBROSINA — E agora? Aceito o que chegou primeiro.

(*Dá o braço a Benjamin. César dá o braço a Angélica. Saem todos.*)

RAMOS (*Saindo, a Lucas.*)
    — Cada qual no seu gênero, não achas?

LUCAS — Acho.

RAMOS — A Ambrosina escolhe... escolhe um deles! (*Sai.*)

LUCAS (*Só.*) — Escolhe um deles? Pois sim!
    Meu velho, pelo que vejo,
    Perdes o tempo e o latim,
    Pra não dizer o badejo.

(*Cai o pano.*)

# Ato Segundo

*A mesma sala*

## Cena I

AMBROSINA (*Entrando.*)
     — Valha-me a Virgem Maria!
     Que grande aborrecimento!
     Vim descansar um momento!
     De tanta sensaboria
     Horrorizada fugi!
     Que só de negócios trate
     O tal Sr. César Santos!
     Cacete conheço uns quantos,
     Porém daquele quilate
     Confesso que nunca os vi!
     E o Benjamin? Que fofice!
     Que tipo insignificante!
     Não abre a boca o pedante,
     Que não diga uma tolice,
     Ou que não fale de si,
     Das visitas que recebe,
     Ou do extrato que o perfuma,
     Ou dos charutos que fuma,
     Ou dos licores que bebe!
     Quantas asneiras ouvi!

## Cena II
AMBROSINA, LUCAS

LUCAS — Vamos! Então?
          Que me dizes
          De um e de outro namorado?

AMBROSINA — Cada qual mais enjoado!

LUCAS — Pobres moços!... infelizes!...
          Pois nenhum deles te agrada?

AMBROSINA — Não.

LUCAS — És muito rigorosa!

AMBROSINA — Seria bem desditosa
          Com quaisquer deles casada.

LUCAS — Também vais logo aos extremos!
          Pelas impressões primeiras
          Incompletas e ligeiras,
          Jamais levar nos deixemos...
          Gente nova, estranha gente
          Não há, que nos apareça,
          E aos nossos olhos pareça
          Aquilo que é realmente;
          Pois nesta coisa medonha,
          Que se chama sociedade,
          Ninguém sai da intimidade
          Sem que uma máscara ponha.
          Não julguemos à ligeira;
          Toda a gente se mascara:
          Uns cobrem parte da cara
          E os outros a cara inteira.
          Quem se revela maluco
          Tem muitas vezes juízo,
          E nos parece ter siso
          Um velho crânio sem suco.
          Finge de franco o sovina,

>
> Faz-se virtude a mazela...
> Julgas Penélope aquela?
> Repara que é Messalina!

AMBROSINA — Naquele maldito almoço
>
> Muito a custo me contive...
> Se o mundo enganado vive,
> Não vivo eu!

LUCAS — Ouve...

AMBROSINA — Não ouço!
>
> Defendê-los tu! Que ideia!
> És cacete por teu turno!
> Toma hoje mesmo o noturno
> E volta pra a Pauliceia!

LUCAS — Não vive o mundo enganado,
>
> Não toma a nuvem por Juno:
> Diz que o gatuno é gatuno,
> Diz que é malvado o malvado,
> E, sem que o disfarce o iluda,
> Quando o seu chapéu lhes tira,
> Cumprimenta uma mentira,
> Uma máscara saúda;
> Mas não se trata do mundo
> E sim do juízo que fazes
> Sobre dois pobres rapazes
> Que não conheces a fundo.
> Durante esse almoço triste,
> Que te não deixou saudades,
> Não lhes viste as qualidades,
> Mais que os achaques não viste...
> Quem sabe se os namorados
> Produzirão outro efeito
> Quando, com arte e com jeito,
> Os vejas desmascarados?

AMBROSINA — Com ou sem máscara, dize,
>
> Aquele Manel de Soisa

              Me falará noutra coisa
              Que não seja o câmbio e a crise?

LUCAS — Vejam que grande desgraça!
              Mas esse assunto varia,
              Porque, enfim, lá vem um dia
              Sobe o câmbio e a crise passa!

AMBROSINA — E o outro?... aquele janota,
              De trinta milhões herdeiro,
              Vidrinho de água de cheiro,
              Fátuo, ridículo, idiota?
              De uma penhora estou livre,
              Se com tal tipo me caso!

LUCAS — Menina, não faças caso:
              Tudo aquilo é *savoir-vivre*.

AMBROSINA — Muito agradecida, Lucas:
              Falo-te de coisas sérias,
              E com insulsas pilhérias
              A quanto eu digo retrucas!
              Vou no meu quarto fechar-me!
              E que ninguém me apareça!
              Estou com dor de cabeça:
              Escusam de ir lá chamar-me!
(*Sai arrebatadamente.*)


## Cena III
### LUCAS

LUCAS (*Só.*) — Tem razão, coitadinha! Eu, no seu caso,
              Também arranjaria uma enxaqueca...
              Qualquer dos dois galãs é o mais ridículo.
              César Santos é todo positivo:
              Outro assunto não tem para a palestra
              Senão coisas da praça. As raparigas
              Antipatizam necessariamente
              Com tais assuntos, e falar-lhes nisso

É o mesmo que se a gente as obrigasse
A ler nas folhas tão somente a parte
Comercial. E o Benjamin? Que parvo!
Um fenômeno quase! O próprio Édson,
A matutar, duvido que inventasse
  Tão engenhosa máquina de asneiras!
Entretanto — quem sabe? — os dois rapazes
São talvez excelentes criaturas...
É o que preciso averiguar quanto antes;
Mas para isso necessário fora
Que eu conseguisse conversar com ambos,
Cada um de *per si*...
(*Vendo entrar César Santos.*)
Oh, que pechincha!...
O César Santos!...
Vou puxar por ele...
Também eu ponho agora a minha máscara.


### Cena IV
LUCAS, CÉSAR SANTOS

CÉSAR — Onde é que se meteu D. Ambrosina?
  Vim procurá-la.

LUCAS — Foi para o seu quarto,
  Queixando-se de dores de cabeça.

CÉSAR — Está naturalmente aborrecida
  Por ter ouvido tantas baboseiras
  Do Benjamin Ferraz. Que grande tipo!
  Lá o deixei a falar do seu cavalo
  Que, a dar-lhe ouvidos, é o melhor do mundo!

LUCAS — Não; ela não se queixa das toleimas
  Do Benjamin Ferraz; pelo contrário...
  Acha-lhe certa originalidade.
  Queixa-se do senhor.

CÉSAR — De mim?

LUCAS — Por certo,
　　　　Pois o senhor não vê que a moça é fútil,
　　　　E só gosta de ouvir futilidades?
　　　　Falta de educação... Oh! eu conheço-a
　　　　Desde pequena, e sei dos seus defeitos.
　　　　O senhor só conversa em coisas sérias...

CÉSAR — Não há nada mais sério que o comércio.

LUCAS — Pois sim! Vão lá dizer-lho! Não crê nisso!

CÉSAR — Falta-lhe então critério?

LUCAS — Do comércio
　　　　Ela só toma a sério os armarinhos
　　　　Da rua do Ouvidor.

CÉSAR — No entanto, julgo
　　　　Que o velho Ramos, ferragista honrado,
　　　　Foi no comércio que ajuntou dinheiro,
　　　　E do comércio vive, e vive a filha...

LUCAS — Ela quer lá saber dessas bobagens!

CÉSAR — Bobagens?

LUCAS — Esse é o termo que ela emprega.
　　　　Falem-lhe em bailes, falem-lhe em teatros!
　　　　Bem se lhe dá que o câmbio esteja frouxo,
　　　　Ou que encontre na praça tomadores,
　　　　Ou que pela manhã subindo a sete,
　　　　Baixe de tarde a seis e sete oitavos!

CÉSAR — Tenho pena, confesso: gosto dela,
　　　　E dói-me vê-la assim tão leviana.

LUCAS — Gosta dela?

CÉSAR — Decerto; e pretendia
　　　　Pedi-la em casamento ao pai.

LUCAS — Deveras?
Que me diz? Nesse caso fiz asneira!
Se de tais intenções eu suspeitasse,
Não me exprimira assim a seu respeito!
Pobre Ambrosina! E ela, com certeza,
Gosta igualmente do senhor!... Que diabo!...
Hei de sempre mostrar-me um criançola!
Tem graça agora se, por minha causa,
Perde Ambrosina um casamento destes!
Senhor, não faça caso do que eu disse!
Ela não gosta do comércio? Embora!
Peça a menina, case-se com ela!
O comércio virá depois... Que bruto
E que indiscreto fui!

CÉSAR — Sossegue, Lucas:
Se ela não me aceitar para marido,
Eu não me atiro ao mar por causa disso.

LUCAS — Ah! bom! já vejo que não gosta dela...

CÉSAR — Gosto... gosto... é bonita... é bem bonita...
Veste-se muito bem... toca piano...

LUCAS — E bandolim também, que é moda agora.

CÉSAR — Se é fútil, não faz mal; bem sei que as moças
São, pouco mais ou menos, todas fúteis!
Sim... depois de casada... em vindo os filhos.
Há de neles pensar, no seu futuro,
E todo o dia, quando eu volte a casa,
Perguntará decerto pelo câmbio.

LUCAS — Sabe que mais? Aqui ninguém nos ouve.
Confesse que se casa co'Ambrosina
Como se casaria... ande, confesse!...
Com qualquer outra moça tão bonita,
Que fosse filha de outro velho Ramos.
(*César sorri*.)
Este sorriso não me engana: é certo!

        *(Contendo a indignação.)*
        Faz você muito bem! (Consinta, amigo,
        Que o trate por você...) Todas as moças
        São parecidas umas com as outras
        Quando se vestem bem, tocam piano
        E bandolim. É próprio de pascácios
        Preferir esta àquela, desde que haja
        Beleza... e dote. Nós, os do comércio,
        Mesmo tratando de formar família,
        Não nos devemos esquecer que somos
        Antes de tudo negociantes...

CÉSAR — Toca!
        Tu és da minha escola! Tu consentes
        Que eu te trate por tu?

LUCAS — Pois não!! consinto!

CÉSAR — O casamento é uma sociedade;
        Toda a mulher é sócia do marido:
        Usa e assina o seu nome, e tem metade
        De quanto lhe pertence.
        Isso é conforme.

LUCAS — De direito é conforme, mas de fato
        Tudo o que é dele é dela, e vice-versa.
        Logo, é justo — não é? — que a nossa noiva
        Nos traga um capital igual ao nosso.

CÉSAR — Tu tens vinte e dois anos?

LUCAS — E três meses.

CÉSAR — Falas que nem um velho! Não conheço
        Quem tão bem raciocine nessa idade!
        Se assim pensassem todos, não veríamos
        Tantas desgraças que provêm — pudera!
        — Da pobreza dos cônjuges!

LUCAS — Em França

> Rapariga não há, bonita embora,
> Que sem ter dote casamento arranje.
> Aquilo é que é país!

CÉSAR — E no comércio
> A francesa é caixeira do marido.

LUCAS — Tinha eu então razão quando dizia
> Que a ti tanto te faz uma como outra...

CÉSAR — Tinhas toda a razão. A ti, to digo,
> Pois vejo que não és nenhum poeta,
> Nem nenhum visionário impertinente,
> Que viva numa nuvem cor-de-rosa.
> És de D. Ambrosina irmão colaço:
> Peço-te, pois, que essa impressão destruas
> Que nela produzi; dize-lhe Lucas,
> Que tenho aspirações, que tenho sonhos,
> Eu sou muito capaz de fazer versos.
> Numa página até do livro-caixa!

LUCAS — Vai tranquilo.
> (*À parte.*) Caiu como um patinho,
> E por um triz não lhe esmurrei as ventas!

## Cena V
### LUCAS, CÉSAR SANTOS, JOÃO RAMOS, BENJAMIN FERRAZ, D. ANGÉLICA

RAMOS — Então? Que é isso? Desertaram ambos?

ANGÉLICA — Ambrosina onde está, que não a vejo?

LUCAS — Para o seu quarto foi co' uma enxaqueca.

ANGÉLICA — Qual! minha filha nunca teve disso!

LUCAS — Nesse caso, fez hoje a sua estreia.

ANGÉLICA — Valha-me o bom Jesus! vou ter com ela!

LUCAS — Um vidro tenho aqui de sais ingleses...

(*Angélica sai sem lhe dar ouvidos.*)

RAMOS — Deixe. Não será nada. A senhorita
　　　　Bebeu Bucelas e bebeu Colares:
　　　　Não estando acostumada a tais misturas,
　　　　Sentiu-se incomodada.

CÉSAR — Não; não creia:
　　　　Muito pouco bebeu durante o almoço.
(*Senta-se a examinar um álbum de fotografias.*)

BENJAMIN — Diz muito bem. Nos cálices apenas
　　　　Os lábios virginais umedecia.

RAMOS — Gosta de ver retratos, Sr. César?

CÉSAR — É divertido.

(*Ramos senta-se ao lado de César, e vai lhe mostrando os retratos.*)

RAMOS — Aqui me tem, no tempo
　　　　Em que eu tinha, talvez, a sua idade.
(*Lucas aproxima-se de Benjamin, que está sentado no sofá.*)

LUCAS (*À parte.*)
　　　　— Vou penetrar nesta alma de ocioso.
　　　　(*Alto, sentando-se ao lado dele.*)
　　　　Quer saber o motivo da enxaqueca?
　　　　Qual mistura de vinhos; qual histórias!

RAMOS — Esta é minha mulher. Foi bem bonita.

CÉSAR — Ainda se parece.

BENJAMIN — Eu desconfio
　　　　Que indisposta ficou D. Ambrosina

Por tanto ouvir falar ao César Santos
Em transações da praça.

LUCAS — Pois engana-se.

RAMOS — Este é o meu sogro. Já lá está, coitado!

LUCAS — Foi o senhor a causa da enxaqueca.

BENJAMIN — Eu? Ora essa! Não compreendo. Explique-se!

RAMOS — A Ambrosina, quando era mais mocinha.

LUCAS — Ela, aqui para nós, é muito tola;
Não gosta de o ouvir falar; diz ela
Que o meu amigo só de si se ocupa.

BENJAMIN — Não costumo falar da vida alheia.

RAMOS — O falecido meu compadre Lopes,
Padrinho da pequena.

CÉSAR — Eu conheci-o.
Teve uma loja de calçado.

RAMOS — É isso.
Na rua da Quitanda. Era bom homem.

LUCAS — Ela não aprecia o seu estilo...
É tão mal preparada! Só lhe agradam
Palavras corriqueiras... É bonita,
Elegante, não nego, mas — que pena! —
Falta-lhe o *savoir-vivre*. Uma burguesa!

RAMOS — Este é o Freitas Simões, que foi meu sócio.
Hoje é o Sr. Visconde d'Alcochete!

BENJAMIN — Pois tenho pena que ela me deteste:
Tencionava pedi-la em casamento.

LUCAS — Pedi-la em casamento? Oh, desastrado!
Meu Deus, fi-la bonita! Meu amigo,
Não faça caso do que eu disse! Pílulas!
Por minha causa perde a rapariga
Um casamento destes! Não! não! casem-se!
Virá depois o *savoir-vivre*! Diabo!...
Hei de ser sempre uma criança estúpida!...

RAMOS — O Gouveia da rua do Mercado.

BENJAMIN — Não; eu não desanimo por tão pouco,
E lhe agradeço até, meu caro jovem,
Ter-me instruído sobre os gostos dela...

RAMOS — Conhece? É o Nazaré da rua Sete,
Mas no tempo em que usava a barba toda.

BENJAMIN — Eu tratarei de transformar-me, creia;
Mas se inda assim nas suas boas graças
Não cair, paciência... Outra donzela
Talvez encontre menos exigente.
O que me agrada nela é a formosura
Com que a dotou a natureza pródiga;
Outra coisa não é, porque sou rico,
E ainda espero em Deus herdar bastante.

LUCAS — Em Deus? Sim, tem razão; é Deus quem mata...

RAMOS — Este é o Dr. Galvão, que é nosso médico.

BENJAMIN — De bom grado eu seria o seu marido,
Por ser senhora muito apresentável,
Que faria figura no *grand monde*[2]
E enfeitaria bem um camarote
Do Lírico; entretanto, um sacrifício
Não quero que ela faça, está bem visto.

---

[2] Em francês: alta sociedade. (N. do E.)

CÉSAR — Este conheço eu muito: é o João Moreira.

BENJAMIN — Modéstia à parte, a um homem desta estofa,
Que é moço, e não é feio, e tem saúde,
E é milionário ou quase milionário,
E viajou por toda a culta Europa,
E anda trajado no rigor da moda,
E faz figura em cima de um cavalo,
E fuma disto...
(*Mostra o charuto que fuma, e faz menção de tirar outro da algibeira.*)
Quer provar?

LUCAS — Não fumo.

BENJAMIN — A um homem desta estofa nunca faltam
Mulheres que o pretendam, que o disputem,
Que se agatanhem para conquistá-lo!
(*Aproxima-se de Ramos e César, que têm acabado de percorrer o álbum.*)

LUCAS (*À parte.*)
— O outro é tolo e malandro; este é só tolo...
É muito fácil vê-lo pelas costas.

## Cena VI
LUCAS, JOÃO RAMOS, CÉSAR SANTOS, BENJAMIN
FERRAZ, D. ANGÉLICA

RAMOS (*A Angélica, que entra.*)
Então? Que é?...

ANGÉLICA — Não é nada. Aquilo passa.

RAMOS — Não quero que os amigos se retirem
Sem ver a nossa chácara. Proponho
Um pequeno passeio.

CÉSAR — É bem lembrado.

BENJAMIN — É conveniente um pouco de exercício

Depois do lauto almoço que tivemos,
E ao nosso anfitrião faz tanta honra.

RAMOS — Bondade sua, meu amigo. Angélica,
Vai buscar os chapéus destes senhores.

BENJAMIN (*Indo buscar o seu chapéu.*)
— Então? Não se incomode, Excelentíssima!

CÉSAR (*Idem.*)
— Oh! pelo amor de Deus, minha senhora!

RAMOS — Vamos! Não vens, Angélica?

ANGÉLICA — Não. Fico
Fazendo companhia à nossa filha.

LUCAS — E eu faço companhia a D. Angélica.

RAMOS — Vamos então nós três. Eu vou mostrar-lhes
Uma nascente de água ali no morro...

(*Saem César, Benjamin e Ramos, que continua a falar indistintamente, até que a voz se perca ao longe.*)

## Cena VII
LUCAS, D. ANGÉLICA, *depois* AMBROSINA

ANGÉLICA — Qual enxaqueca! qual nada!
Ambrosina, meu rapaz...

LUCAS — Santos não quer ser chamada,
Nem ser Madame Ferraz.

ANGÉLICA — Sabias?

LUCAS — E uma enxaqueca
Astutamente arranjou,
Para livrar-se da seca

>
> Que o papai lhe reservou.
> O Ferraz alambicado
> Debalde se encareceu,
> E o César — pobre coitado!
> — Chegou, viu, mas não venceu.

ANGÉLICA — Vês que menina exigente?

LUCAS — No seu direito ela está!
> É bonita, inteligente,
> E tem um dote... oh, lá lá!
> Deixe! O que não se faz hoje
> Fazer-se pode amanhã...
> Sossegue, que não lhe foge
> O seu Príncipe *Charmant*[3].

ANGÉLICA — A galope os desenganos
> A casa podem chegar...
> Ela tem vinte e dois anos:
> Não deve mais esperar.

LUCAS — Momento melhor aguarde;
> Não é preciso correr.
> Espere, que nunca é tarde
> Para uma asneira fazer.
> Gosto a senhora teria
> Se Ambrosina de qualquer
> Daqueles tipos um dia
> — Franqueza! — fosse mulher

ANGÉLICA — Tu não dizes o que sentes:
> Dois tipos eles não são.

LUCAS — Deixe-se de panos quentes!
> É cada qual mais tipão!

---

[3] Em francês: encantador; em português, dito comumente "Príncipe Encantado". (N. do E.)

ANGÉLICA (*Depois de certa hesitação.*)
— Ah! se o meu genro escolhido
Fosse por mim, só por mim,
De minha filha o marido
Serias tu.

LUCAS — Eu?

ANGÉLICA — Tu, sim!
(*Ambrosina aparece à porta e escuta o diálogo.*)
Que outro genro achar podemos
Melhor do que tu?

LUCAS — Perdão.
Sobre outra coisa falemos.

ANGÉLICA — Não te agrada o assunto?

LUCAS — Não.
E mais na carta não deite...

ANGÉLICA — Ambrosina...

LUCAS — Tá tá tá!
Ela é minha irmã de leite...

ANGÉLICA — Impedimento não há.
LUCAS — Há, e um grande impedimento:
O impedimento moral;
Semelhante casamento
Seria tão desigual...

ANGÉLICA — Desigual por que motivo?

LUCAS — Não é preciso dizer.

ANGÉLICA — És quase um filho adotivo:
Deves ser franco!

LUCAS — Vou ser.

De uma... alugada era filho
Quando nesta casa entrei,
E seria um maltrapilho
Sem a proteção que achei.

ANGÉLICA — És tolo.

LUCAS — Se seu marido
Não me desse proteção,
Eu me teria perdido...

ANGÉLICA — Quem sabe? Talvez que não.

LUCAS — Não! Essa ideia me humilha!
Eu não pago tanto amor
Pretendendo a mão da filha
Do meu santo protetor!

ANGÉLICA — Adeus, minhas encomendas!
Não me entendeste, rapaz!
Eu não digo que pretendas,
Pois pretendido serás.

LUCAS — Se eu me casasse com ela,
Que diriam por aí?
O mundo é tão tagarela!

ANGÉLICA — Ora! que diriam?

LUCAS — Xi!
"O Lucas, aquele intruso
Noiva e dote abiscoitou!
De confiança um abuso
Friamente praticou!
Parecia não ter vícios,
Mas vede o pago que deu
A todos os benefícios
Que do velho recebeu!"
Já vê que esse casamento
De modo algum me convém,

                    E que todo o fundamento
                    Os meus escrúpulos têm.

ANGÉLICA — São tolos esses assomos
           De dignidade.

LUCAS — Talvez.

ANGÉLICA — Nós aqui em casa não somos
           Nenhuns fidalgos, bem vês.
           Meu marido foi caixeiro
           E hoje apenas é patrão,
           E meu pai foi sapateiro,
           Depois de ser remendão.
           Somos, sim, família honesta
           E temos alguns vinténs;
           Mas, se a fidalguia é esta,
           Filho, também tu a tens
           A razão por que não queres
           Ser meu genro essa não é;
           Mas — anda lá! — tu preferes
           Mentir...

LUCAS — Mentir! eu?

ANGÉLICA — Olé!
           Apesar de não ser fina,
           Claramente vendo estou
           Que não gostas de Ambrosina,
           Já cá não está quem falou.
       (*Vai retirar-se, mas Lucas toma-lhe a passagem.*)

LUCAS — Não gosto de Ambrosina? Engana-se! Ambrosina
        É a flor que me perfuma, o sol que me ilumina!
        Supunha o meu afeto apenas fraternal,
        Mas hoje, quando entrei, alegre e jovial,
        E uma senhora achei na tímida criança
        Que do passado meu era a melhor lembrança,
        Deslumbrei-me, e senti que uma transformação,
        Meu Deus! se me operava aqui no coração!

Não pode calcular como os dois namorados
Tão senhores de si, risonhos, confiados,
Me encheram de ciúme, e como revivi
Quando por serem tão ridículos, os vi
Perder terreno... Oh, não! não diga, por piedade,
Que eu não gosto daquela esplêndida beldade!
Eu amo-a loucamente, eu amo-a com fervor!
Amor não pode haver maior que o meu amor!
Mas peço-lhe por Deus que guarde este segredo
Que murmuro a tremer e balbucio a medo.
Não me devo casar com sua filha, pois
Que um abismo fatal existe entre nós dois!
Se o meu segredo for por mais alguém sabido,
Juro-lhe que disparo um revólver no ouvido!

AMBROSINA (*Mostrando-se.*)
— Vamos! Dispara! O teu revólver onde está?
Eu quero ver morrer um homem! Vamos lá!

LUCAS — Ambrosina!

AMBROSINA — Acho bom, porém, que, antes do tiro
Com que te vai matar, demos ambos um giro
Até a pretoria e até a igreja.

ANGÉLICA (*A Lucas.*)
— Aí tens:
És noivo; aceita os meus sinceros parabéns.

AMBROSINA — Mau! Feio! Escutei tudo ali daquela porta.
Se não dissesses "Amo", eu cairia morta!
O que te sucedeu me sucedeu a mim:
Se tão cedo não vens, talvez que o Benjamin,
Ou o César — um dos dois — fosse o meu noivo agora.
Mas tu chegaste a tempo. Ao ver-te, sem demora
Me pareceu que Deus te conduzia aqui
Para arrancar-me ao outro e oferecer-me a ti.

ANGÉLICA (*A Lucas.*)
— Então? Que dizes tu?

LUCAS — Digo... Não digo nada!
　　　　Foi de tal modo pelo acaso combinada
　　　　Esta cena de amor, que ninguém... sim, ninguém
　　　　Me poderá dizer: — "Tu não andaste bem".
　　　　Estes castelos no ar é bom que os não façamos,
　　　　Todavia, sem ter ouvido o velho Ramos.
　　　　Não podemos saber como ele acolherá
　　　　Esta conspiração...

ANGÉLICA — Eu vou falar-lhe já.

LUCAS — Já? Isso não!

ANGÉLICA — Por quê?

LUCAS — Convém primeiramente
　　　　Desiludi-lo de um e de outro pretendente.
　　　　Eu disso me encarrego. E só depois que os tais
　　　　Saírem... — sairão, e cá não voltam mais,
　　　　Prometo-lhes!... —

ANGÉLICA — Bem bom! bem bom!

AMBROSINA — Isso me alegra.

LUCAS — Só depois eu farei o meu pedido em regra.

AMBROSINA — E o tiro? Pum!

LUCAS — Dá-lo-ei, se à tua decisão
　　　　O velho opõe um veto...

AMBROSINA — Há de lhe dar sanção.
(*Ouvem-se vozes.*)

ANGÉLICA — Eles de volta aí vêm.

AMBROSINA (*Beijando a mãe.*)
　　　　— Mamãe, muito obrigada.

ANGÉLICA — Se soubessem os dois que a praça foi tomada...

**Cena VIII**
LUCAS, D. ANGÉLICA, AMBROSINA, JOÃO RAMOS,
CÉSAR SANTOS, BENJAMIN FERRAZ

RAMOS — Que estopada lhes dei! Confessem ambos!

CÉSAR — Não diga tal! Foi um passeio esplêndido!

BENJAMIN — Tem uma bela chácara. Algum dia
Hei de mostrar-lhe a minha: um paraíso!

CÉSAR — Já ficou boa da enxaqueca?

AMBROSINA — O Lucas
Um remédio me deu de efeito pronto.

LUCAS (*À parte.*)
— Só me faltava ser antipirina...

CÉSAR (*Com esforço.*) — Numa linda cabeça como a sua,
Onde brilham dois olhos tão formosos,
A enxaqueca devia ser vedada.

AMBROSINA (*Rindo-se.*)
— Que bela frase!

CÉSAR (*À parte.*)
— Decididamente
Falta-me o jeito para as coisas fúteis!

BENJAMIN — A enxaqueca, senhora, é mal terrível,
Porque desvia do trabalho o cérebro,
E o trabalho é a alavanca do progresso,
É o comércio, a lavoura, a indústria, é tudo!

AMBROSINA (*Rindo-se.*)
— Falou bonito!

BENJAMIN (*À parte.*)
— Decididamente
Não tenho queda para as coisas sérias!

RAMOS — Mas que remédio milagroso é esse?
Durante o almoço estavas macambúzia
(Nem provaste do célebre badejo!)
E agora tão risonha achar-te venho!
Verias tu, durante a nossa ausência,
Um passarinho verde?

AMBROSINA — Não vi nada;
Mas o fato é que estou muito contente.

RAMOS — Bom. Nesse caso, vais tocar um pouco
De bandolim. Desejo que os amigos
Antes de nos deixar te batam palmas.

AMBROSINA — Com mil vontades. Sr. César Santos?
Sr. Forjaz?...

BENJAMIN — Ferraz, Excelentíssima.

AMBROSINA — Peço toda a indulgência.

CÉSAR — Oh!
BENJAMIN — Ora essa!

ANGÉLICA — Na sala de jantar corre mais fresco
E o bandolim lá está.

RAMOS — Para lá vamos!
Entrem, senhores meus!

CÉSAR (*Oferecendo o braço a Ambrosina.*)
— Minha senhora?

BENJAMIN (*Idem.*) — Minha senhora?

AMBROSINA (*Entre os dois.*)
    — Dois? Pois bem! não quero
    Que nenhum se desgoste por tão pouco,
    E aceito o braço que ambos me oferecem.
(*Sai pelo braço de ambos.*)

ANGÉLICA — Malcriados! Esquecem-se da velha!

RAMOS (*Oferecendo-lhe o braço.*)
    — Aqui tens, minha amiga.

ANGÉLICA — É pão com rosca.

RAMOS (*A Lucas, passando com Angélica pelo braço.*)
    — Não vens?

LUCAS — Por ora não. Logo que possa
    Safar-se, venha ter aqui comigo.
    Preciso dar-lhe duas palavrinhas.

RAMOS — Quantas quiseres, Lucas. Até logo.
(*Sai com Angélica.*)

LUCAS (*Só.*) — Que dirás, minha mãe, quando souberes?

(*Cai o pano.*)

# Ato terceiro

*A mesma sala*

**Cena I**
LUCAS

(*Lucas está olhando para o lado da sala de jantar, de onde chegam os sons de um bandolim.*)

LUCAS (*Só.*)
— Não há que ver: João Ramos não se lembra
De que o espero aqui há meia hora.
Ele está preso ao bandolim da filha,
O olhar interessado, o ouvido atento,
A boca aberta, as mãos sobre os joelhos.
Oh, que velho tão bom! que pai ditoso!
Neste instante ninguém capaz seria
De arrancá-lo daquele doce enlevo!
Ouvindo aqueles sons melodiosos,
Ele talvez na mente rememore
O tempo em que Ambrosina era assinzinha,
E no seu colo adormecia às vezes.
(*O bandolim cala-se. Aplausos.*)
Ela acabou. O velho levantou-se.
Para este lado olhou. Viu-me.
(*Faz um sinal para dentro.*)
Ora graças
Ele aí vem finalmente. Ei-lo comigo.
Queira Deus que lhe agrade a minha ideia.
Do contrário não temos nada feito.

## Cena II
## LUCAS, JOÃO RAMOS

RAMOS — Lucas, meu filho, desculpa,
E não me acuses a mim,
Pois quem teve toda a culpa
Foi aquele bandolim.
Quando a pequena dedilha
As duas cordas, sei lá!
Deixa de ser minha filha:
É um anjinho que aí está!
Minh'alma sinto levada
Para outro mundo melhor;
Não vejo nem ouço nada
Do que se passa em redor!
Se o copeiro me dissesse:
— "Há fogo em casa, patrão!"
Talvez por isso não desse,
Nem lhe prestasse atenção!
Não me queiras mal, portanto,
Se mais depressa não vim;
Quem te fez esperar tanto
Foi aquele bandolim.

LUCAS — Mas vamos ao que se trata.

RAMOS — Estou sempre ao teu dispor.
Alguma negociata
Tu me desejas propor?
Queres que eu seja teu sócio?

LUCAS — Não senhor; para tratar
Aqui de qualquer negócio,
Havia de procurar
Ocasião mais propícia,
Sem César nem Benjamin,
E não iria à delícia
Roubá-lo do bandolim.

RAMOS — Oh, meu rapaz! tu me assustas!

     Onde queres tu chegar?

LUCAS — Sossegue; as almas robustas
     Não têm de que se assustar.
     Uma inverossimilhança,
     Que poderá fazer rir,
     É — não acha? — uma criança
     A um velho os olhos abrir;
     No entanto, o fato é patente!

RAMOS — Mas não me dirás, enfim?...

LUCAS — Trata-se precisamente
     Da dona do bandolim.
     Dos dois moços namorados,
     Que hoje almoçaram aqui,
     Já foram bem estudados
     Pelo senhor?

RAMOS — E por ti?

LUCAS — Por mim o foram, e juro
     Que nenhum deles convém!

RAMOS — Ó Lucas, eu te asseguro
     Que são dois homens de bem!

LUCAS — É César Santos matreiro
     Um caça-dotes ruim,
     Que faz questão de dinheiro
     E não faz de bandolim!

RAMOS — Semelhante impertinência
     Me espanta nos lábios teus!

LUCAS — Proponho uma experiência
     E o aconselho...

RAMOS — Ora adeus!
     Dás-me um conselho? Ao que vejo,

Inverteram-se os papéis!

LUCAS — Mal empregado badejo
De vinte e cinco mil-réis!
(*Ouve-se o bandolim.*)

RAMOS — Deus te dê o que te falta!
Ouves?

LUCAS — Ouço.

RAMOS — Plim, plim, plim!
Sabes que mais, meu peralta?
Não resisto ao bandolim.
(*Quer retirar-se. Lucas toma-lhe a passagem.*)

LUCAS — Venha cá! Falo sério! Não se ria!
César Santos não gosta de Ambrosina,
Ou antes, gosta, como gostaria
De outra qualquer menina
Que fosse linda e que tivesse dote...
Ele quer dar-lhe um bote!

RAMOS — Mas como sabes disso?

LUCAS — Ele em pessoa
Me declarou que assim pensava.

RAMOS — É boa!

LUCAS — Fingi-me um patifão da sua laia;
Captei-lhe a confiança prontamente,
E dei-lhe um vomitório de poaia.

RAMOS — E vomitou?

LUCAS — Duvida!... O Lucas mente?...

RAMOS — Não vês que isso foi pala?
Quis brincar, está visto!

LUCAS — Pois bem, eu pela experiência insisto!

RAMOS — Lá vem de novo a experiência! Fala!
Como é que me aconselhas que manobre?

LUCAS — Chame-o de parte e diga-lhe que é pobre,
Que sua filha não tem dote... Invente!...
E se ele, ouvindo essa tremenda história,
Não se puser ao fresco *incontinenti*,
As mãos entregarei à palmatória.

RAMOS — Em todo o caso, é boa essa armadilha,
Porque me custaria ver casada,
Por ter um dote apenas, minha filha,
Quando com tantos outros é dotada...

LUCAS — Eu vou lá para dentro e aqui lho mando.
Mas não tenha vergonha:
Invente uma catástrofe medonha.
Suspire, se puder, de vez em quando...
Coisas dirá incríveis, conjeturo;
Não se importe: ele é homem
Desses que todas as araras comem
E que o reino do céu tem já seguro
Diga que o jogo e os seus fatais caprichos
Levaram-lhe a maquia;
Que cem contos de réis perdeu nos bichos,
Cem na roleta, cem na loteria,
E cem na Bolsa!

RAMOS — Xi! que jogatina!
E o Benjamin Ferraz?

LUCAS — Ora! Ambrosina
Já tem um bandolim: outro dispensa.

RAMOS — Achas então que o moço?...

LUCAS — É mesmo um bandolim... de carne e osso.
Esse em dote não pensa.

RAMOS — Eu creio mesmo que não pensa em nada.

LUCAS — Mas fica essa figura reservada
Para depois. Eu vou mandar-lhe o tipo.
Meus parabéns sinceros lhe antecipo. (*Sai*)

## Cena III
### JOÃO RAMOS

RAMOS (*Só.*)
— É levado da breca este meu Lucas!
Mas não é que ele teve uma lembrança
Que não acudiria a toda a gente?
Eu vou mentir... mas, ora adeus! se o faço,
É para o bem da minha filha amada,
E a mentira que vou pregar só pode
Prejudicar o próprio mentiroso,
Pois se a pílula engole o César Santos,
Vai dizer por ai que estou quebrado;
Mas como a ninguém devo, que me importa?
Ele aí vem. Temos cena de comédia!
Coragem! vou pregar uma mentira
Pela primeira vez na minha vida...

## Cena IV
### JOÃO RAMOS, CÉSAR SANTOS

CÉSAR — Desejava falar-me, Sr. Ramos?

RAMOS — Desejava falar-lhe, Sr. César.
(*Dando-lhe uma cadeira.*)
Tenha a bondade, sente-se.

CÉSAR — Obrigado.
(*Senta-se. Ramos senta-se também.*)
Estou às suas ordens.

RAMOS — Meu amigo,

O senhor, uma noite, no Cassino,
Minha filha encontrou, dançou com ela,
E no dia seguinte pela porta
Começou a passar de nossa casa
Todas as tardes, mesmo se chovia.
Se à janela a pequena me bispava,
Tirava-lhe o chapéu amavelmente,
E lhe sorria assim de certo modo...
Achando no senhor um bom partido,
Por saber, de pessoas fidedignas,
Que está perfeitamente encaminhado,
Para almoçar comigo convidei-o,
E preparei um suculento almoço
Com algum sacrifício...

CÉSAR (*À parte.*)
— Sacrifício?

RAMOS — Para não parecer que eu convidava
Um namorado, e lhe impingia a filha,
O Benjamin Ferraz, aparecendo,
Foi também convidado.
(*À parte.*) Esta mentira
Não estava no programa.
(*Alto.*) O que eu queria,
Trazendo-o para junto de Ambrosina,
Era fazer com que se aproximassem
E se entendessem de uma vez por todas.
Ficam-lhe abertas desta casa as portas.

CÉSAR (*Erguendo-se.*)
— Muito obrigado, Sr. Ramos.

RAMOS — Sente-se.
(*César senta-se.*)
Antes, porém, que as coisas vão mais longe,
Uma revelação fazer-lhe quero
Imposta pela minha lealdade.
(*À parte.*) Lá vai!
(*Alto.*) Sou pobre.

CÉSAR (*Erguendo-se como tocado por uma mola.*)
— É pobre!

RAMOS — Muito pobre.
Infelizmente perdi tudo. Sente-se.

CÉSAR (*Seco.*)
— Estou perfeitamente.

RAMOS (*Erguendo-se.*)
Nesse caso,
Levanto-me eu também, meu caro amigo.

CÉSAR — Mas como foi?...

RAMOS — Cavalarias altas!
Joguei na baixa.

CÉSAR — E perdeu tudo?

RAMOS — Tudo,
A começar pelo juízo... Apenas
Desse naufrágio me escapou a honra.

CÉSAR (*Naturalmente.*)
— Mas de que vale a honra sem dinheiro?

RAMOS (*Depois de estremecer como se o esbofeteassem.*)
— Basta! não é preciso ouvir mais nada!
Lucas, vem cá!

CÉSAR — Que significa isto?

RAMOS — A experiência fica em meio apenas.

## Cena V
JOÃO RAMOS, CÉSAR SANTOS, LUCAS

RAMOS (*A Lucas que entra.*)

> — Imaginavas que este sujeitinho,
> Ouvindo-me dizer que eu era pobre,
> Ao fresco se pusesse *incontinenti*;
> Pois bem: sou eu, vais ver, que o ponho fora
> Da minha casa honrada, e, se o não ponho
> A pontapés, é porque nesta idade
> Não há mais pontapés que deixem marca!

CÉSAR — Senhor!

RAMOS (*A Lucas.*)
> — Quando eu lhe disse que era pobre,
> Mas que era honrado, respondeu-me, filho,
> Que a honra nada vale sem dinheiro!

LUCAS — O dinheiro sem honra há quem prefira.
(*Vai buscar a bengala e o chapéu de César Santos.*)

RAMOS — Saia já desta casa!
(*Movimento de César. Com mais força.*)
Saia!

LUCAS — Saia...
E nada lhe responda: é o mais prudente.

(*César encolhe os ombros, toma o chapéu e sai com arrogância. João Ramos fica muito agitado, a percorrer a cena.*)

## Cena VI
JOÃO RAMOS, LUCAS

RAMOS — Que cinismo! que despejo!...
Quatro murros merecia!...

LUCAS — Então? eu não lhe dizia?
Mal empregado badejo!
Vamos lá! Não se apoquente,
Que está salva a sua filha...
Mas olhe que se ele a pilha!...

RAMOS — Não a pilhou felizmente!

LUCAS — Temos o outro namorado
E uma nova experiência...

RAMOS — Mas esse — tem paciência —
É moço muito educado,
Incapaz de dar-me um couce
Como aquele sevandija!
(*Falando para a porta por onde César saiu.*)
Há de haver quem te corrija,
Meu descarado!

LUCAS — Acabou-se.
Não se trata desse agora,
Mas do "Bandolim" Ferraz...

RAMOS — Que também me deixe em paz!
Que também se vá embora!
Se um bruto casa com ela,
Um dia prego-lhe um tiro!

LUCAS — Esteja calmo.

RAMOS — Prefiro
Que vá de palma e capela
Quando morrer!
(*Pausa, durante a qual o velho procura serenar-se.*)
Mas que dizes
Do tal namorado piegas?
Já agora acredito às cegas
Em tudo de que me avises!

LUCAS — Não creio que ele pratique
Uma ação indecorosa:
Mas é muito tolo... é prosa...
Presta-se muito ao debique,
E de ridículo a dose
Que traz em si, permanente,
Refletirá fatalmente

>                   Sobre a mulher que ele espose.
>                   Há de ser um desconsolo,
>                   Meu caro, que a filha sua,
>                   Sempre que sair à rua
>                   Vá pelo braço de um tolo.
>                   Ele tem muitas patacas,
>                   E ainda há de herdar de uns matutos,
>                   Para comprar mais charutos
>                   E novas sobrecasacas;
>                   Mas todo esse cobre junto,
>                   Toda essa bela milhança,
>                   Entrando em conta a esperança
>                   Dos sapatos de defunto,
>                   Que vale nas mãos de um homem
>                   Desses — e é grande a cambada! —,
>                   Que, não produzindo nada,
>                   Enormemente consomem?
>                   Quem vive dessa maneira,
>                   E do seu fausto se gaba,
>                   Por via de regra acaba
>                   Por não ter eira nem beira.
>                   Ambrosina — coisa horrível!
>                   — Nas mãos desse desfrutável,
>                   Tem a pobreza provável,
>                   Tem a miséria possível!

RAMOS (*Erguendo-se.*)
>                   — Qual há de ser o espantalho?

LUCAS — À puridade lhe diga:
>                   — "Quer casar coa rapariga?
>                   Pois bem: procure trabalho!"
>                   Se o senhor assim o avisa,
>                   Faço todas as apostas
>                   Em como, voltando as costas,
>                   Ele aqui nunca mais pisa.

RAMOS — Pois manda-o cá!

LUCAS — Vou mandá-lo.

Verá como a coisa pega!
Fale-lhe teso!

RAMOS — Sossega:
Teso, bem teso lhe falo! (*Lucas sai.*)

## Cena VII
JOÃO RAMOS

RAMOS (*Só.*)
— Oh! venturoso o pai que lhe entregar a filha!
Vinte e dois anos só! Quando este bigorrilha
Contar os que já conto, há de ser um portento!
Aquilo sim, senhor, aquilo é que é talento!
É ele a boca abrir, são flores e mais flores!
Até me faz lembrar Jesus entre os doutores!
Devia tê-lo feito entrar na Academia...
Que brilhante orador, que bacharel daria!...

## Cena VIII
JOÃO RAMOS, BENJAMIN FERRAZ

RAMOS — Venha, meu caro amigo, e me desculpe
Se o privei de mais doce companhia;
Mas é preciso que nos entendamos
Sobre assunto que muito me interessa.

BENJAMIN — Antes de prosseguir, Sr. João Ramos,
Cumprimentá-lo quero entusiasmado:
Tem uma filha verdadeiramente
Artista; o bandolim, nas delicadas
Mãos de D. Ambrosina, diviniza-se!
Ouvi três peças, cada qual mais bela!
Que brio! que expressão! que sentimento!...

RAMOS — Gosta muito de música?

BENJAMIN — Muitíssimo.

RAMOS — E que instrumento é o seu?

BENJAMIN — Nenhum.

RAMOS — É pena.

BENJAMIN — Mas tive um primo que tocava flauta.

RAMOS — Queira sentar-se aqui nesta cadeira,
 E prestar-me atenção.

BENJAMIN (*Sentando-se.*)
 — Sou todo ouvidos.

RAMOS (*Depois de sentar-se também.*)
 — Há quinze dias, no Teatro Lírico,
 Num camarote eu estava coa família
 E o senhor na plateia.

BENJAMIN — A companhia
 Cantava o *Mefistófeles*, de Boito.

RAMOS — Mas o senhor pouca atenção prestava
 À Margarida, ao Fausto e ao Mefistófeles,
 E do meu camarote não tirava
 Os olhos, com binóculo ou sem ele.
 Bom. Nós éramos três no camarote...

BENJAMIN — O senhor, a Sra. D. Angélica
 E a nossa genial bandolinista.

RAMOS — Ora, não creio que os olhares fossem
 Dirigidos a mim, que sou marmanjo,
 Nem a minha mulher, que é mulher velha;
 Não é preciso, pois, ser muito esperto
 Para ver que o seu alvo era Ambrosina.
 (*Benjamin sorri.*)
 Acabado o espetáculo, na porta
 O senhor esperou por nós... por ela,
 Quero dizer, e suspirou tão alto,

Que a atenção provocou de toda a gente!

BENJAMIN (*Suspirando*.)
— Ai! não sei suspirar de outra maneira!

RAMOS (*À parte*.)
— Vá suspirar pro diabo que o carregue!
(*Alto*.) Já na manhã seguinte o seu cavalo
Passava, com o senhor em cima dele,
E nas outras manhãs esse passeio
Reproduzido foi às mesmas horas.
E se à janela minha filha estava,
O senhor lhe fazia um cumprimento,
Caracolando com mais graça, e ela
Correspondia ao cumprimento.

BENJAMIN — Vejo
Que tudo sabe.

RAMOS — Eu sou bom pai.

BENJAMIN — Decerto.

RAMOS — Achando no senhor um bom partido,
Para almoçar comigo convidei-o,
E, pra não parecer que convidava
Um namorado e lhe impingia a filha,
O César Santos...

BENJAMIN — Onde está?

RAMOS — Muscou-se.
(*Continuando*.)
O César Santos, que conosco estava,
Foi também convidado. O que eu queria,
Trazendo-o para junto de Ambrosina,
Era fazer com que se aproximassem
E se entendessem de uma vez por todas.

BENJAMIN (*Erguendo-se*.)

— Sr. João Ramos, eu não sei quais sejam
Os sentimentos dela a meu respeito,
Porque, se bem que nos aproximássemos,
Inda não conversamos um com o outro;
Se ela quiser ser minha esposa amada
E da minha riqueza ter metade,
O mais feliz serei dos namorados;
Se não quiser, o mais inconsolável.
Inda há poucos momentos eu gostava
De sua filha pela formosura
Com que a dotou a natureza apenas;
Mas depois que a ouvi, arrebatado,
Naquele doce bandolim, que as pedras,
Como a lira de Orfeu, mover podia,
Sinto aqui dentro uma impressão mais forte!
Isto é amor, não é namoro; isto
É mais que amor, talvez; paixão, quem sabe?

RAMOS (*Erguendo-se*.)
    — Paixão? Não exagere meu amigo!

BENJAMIN (*Idem*.)
    — As paixões, meu senhor, assim começam.
O que é preciso para transformar-nos?
Um simples bandolim!

RAMOS — Antes que as coisas
    Vão mais longe, meu caro, é indispensável
    Que sobre um grave assunto conversemos,
    Muito mais positivo e mais...

BENJAMIN — Permita
    Que o interrompa. Eu sei de que se trata.
    Sou rico, sou riquíssimo: não quero
    Coisa nenhuma. Ela tem dote? Guarde-o!
    Nada tenho com isso. O meu dinheiro
    De nós ambos será. Divido tudo;
    Só não divido o coração, que é dela!

RAMOS (*À parte*.) — O Lucas enganou-se.

BENJAMIN — Ela que faça
          Do dote o que quiser. O meu desejo
          Era esposar uma donzela pobre...
          D. Ambrosina tem um patrimônio
          No nome de seu pai: isso me basta,
          Porque dote melhor não há que a honra.

RAMOS (*Entusiasmado.*)
          — Sim, senhor! Isto é que é falar! Amigo,
          Quero apertá-lo nos meus braços! Viva!
          (*Depois do abraço.*)
          Mas não é disso que eu tratar queria...

BENJAMIN — Então fale, senhor! Ordene! Imponha
          As condições que desejar, contanto
          Que não me negue a mão de sua filha,
          Porque eu não posso mais passar sem ela!
          A tudo estou disposto!

RAMOS — A tudo?

BENJAMIN — A tudo!

RAMOS — A trabalhar também?

BENJAMIN — Eu não percebo.

RAMOS — Vai perceber. Exijo que o meu genro,
          Embora seja rico, muito rico,
          Tenha um meio de vida; que trabalhe;
          Que em qualquer coisa ocupe a inteligência,
          E que produza, não consuma apenas.

BENJAMIN — Aceito a condição. Não tenho jeito
          Para coisa nenhuma nesta vida,
          Mas estou pronto a trabalhar!

RAMOS — Deveras?

BENJAMIN — Faço-me industrial: monto uma fábrica,

                Ou lavrador e compro uma fazenda,
                Ou negociante e abro uma casa.

RAMOS — Bravo!

BENJAMIN — Se o senhor consentir, serei seu sócio
                Na loja de ferragens.

RAMOS — Bela ideia!

BENJAMIN — Ou serei simplesmente seu caixeiro,
                E a vida levarei a contar pregos!
                Finalmente, disponho-me ao trabalho!

RAMOS — Trabalhará?

BENJAMIN — Trabalharei, contanto
                Que não me negue a mão de sua filha,
                Porque eu não posso mais passar sem ela!

RAMOS — Dê-me algum tempo. Vou pensar no caso.
                (À *parte*.) Pois já não me parece tão ridículo!

BENJAMIN — Oh! temos muito tempo: este pedido
                Não é ainda o oficial; se o fosse,
                Eu seria incorreto. Ao vir pedir-lhe
                Oficialmente a mão de sua filha,
                Vestirei a casaca e trarei luvas.
(*Vai sentar-se a examinar o álbum.*)

RAMOS (À *parte*.) — Voltou a ser ridículo, coitado!

## Cena IX
JOÃO RAMOS, BENJAMIN FERRAZ,
LUCAS, *depois* AMBROSINA, *depois* D. ANGÉLICA
(*Lucas entra e, admirado de encontrar Benjamin,
dirige-se a João Ramos.*)

LUCAS — Então ele ficou?

RAMOS — Meu filho, o resultado
　　　　　Da experiência foi o mais inesperado!

LUCAS — Que me diz o senhor?

RAMOS — O pobre Benjamin,
　　　　　Depois que minha filha ouviu ao bandolim,
　　　　　Deitou paixão violenta, e ao trabalho se arroja!
　　　　　Até diz que quer ser caixeiro lá na loja!
(*Afasta-se e vai para junto de Benjamin.*)

LUCAS (*À parte.*)
　　　　— Maldito bandolim! desperta uma paixão
　　　　Que vai dificultar a minha situação!

(*Ambrosina entra e, admirada de encontrar Benjamin, dirige-se a Lucas.*)

AMBROSINA — Então ele ficou?

LUCAS — Menina, o resultado
　　　　　Da experiência foi o mais inesperado!

AMBROSINA — Lucas, que estás dizendo?

LUCAS — O nosso Benjamin...

AMBROSINA — Acaba! Ele que fez?

LUCAS — Graças ao bandolim,
　　　　　Deitou paixão por ti, e ao trabalho se arroja!
　　　　　Até diz que quer ser caixeiro lá na loja!
(*Afasta-se.*)

AMBROSINA (*À parte.*)
　　　　— Maldito bandolim! Se adivinhasse tal,
　　　　Ou eu não tocaria ou tocaria mal!

(*Entra D. Angélica e, admirada de encontrar Benjamim, dirige-se a Ambrosina.*)

ANGÉLICA — Então ele ficou?

AMBROSINA — Mamãe, o resultado,
Da experiência foi o mais inesperado!

ANGÉLICA — Que estás dizendo, filha?

AMBROSINA — O Sr. Benjamin,
Quando me ouviu tocar, deitou paixão por mim!

ANGÉLICA — Paixão?

AMBROSINA — Paixão violenta! E ao trabalho se arroja!
Até diz que quer ser caixeiro lá na loja!

ANGÉLICA — E que intentas fazer?

AMBROSINA — Com ele conversar.
Livres do apaixonado havemos de ficar
Leve papai pra dentro e tudo lhe revele...
Diga que o Lucas me ama e que eu sou noiva dele.

LUCAS (*Descendo entre as duas senhoras.*)
— Que estão a cochichar?

AMBROSINA — Vai lá pra dentro, vai!
Lá irá ter mamãe, lá irá ter papai.

LUCAS — Com ele ficas só? Vê lá o que vais fazer!

AMBROSINA — Nesta combinação não tens que te mete
(*Lucas encolhe os ombros e sai.*)
Chame papai.

ANGÉLICA — Ó João, vem cá; de ti preciso
Na sala de jantar.

RAMOS (*Erguendo-se, à parte.*)
— Oh, que mulher de juízo!
Já tudo compreendeu... e quer deixá-los sós.

(*A Angélica.*)
(*Angélica sai. A Ambrosina.*)
Um maridão! (*Sai.*)

AMBROSINA — Pois sim!
(*Olhando para Benjamin.*)
Agora nós!...

## Cena X
BENJAMIN FERRAZ, AMBROSINA

(*Benjamin está tão entretido com o álbum, que Ambrosina se aproxima dele sem ser pressentida.*)

AMBROSINA — Sr. Ferraz?
(*Benjamin estremece, levanta-se e deixa o álbum.*)

BENJAMIN — Minha senhora?
Ninguém aqui?... Ninguém!... Só nós!...
(*Quer retirar-se.*)

AMBROSINA — Oh! venha cá..... não vá-se embora...
Meto-lhe medo?

BENJAMIN — Estamos sós...

AMBROSINA — Não é razão para fugir-me.

BENJAMIN — Mas eu não devo aqui ficar.
Do *savoir-vivre* às leis sou firme!
Vou para a sala de jantar.

AMBROSINA — Espere... Peço-lhe que fique...

BENJAMIN — Devo, portanto, obedecer.

AMBROSINA — É necessário que eu lhe explique...
Tenho uma coisa que dizer.

BENJAMIN — Tremendo estou! De que se trata?

AMBROSINA — Dessa... paixão que tem por mim.

BENJAMIN — Paixão terrível, insensata,
Que devo àquele bandolim!

AMBROSINA — Pois bem, senhor: de mim se esqueça...
Não alimente essa paixão...
Busque outra moça que o mereça
E tenha livre o coração!

BENJAMIN — Porém seu pai, minha senhora...

AMBROSINA — Só do que é seu pode dispor:
Não quererá impor-me agora
Um casamento sem amor!

BENJAMIN — Essas palavras, proferidas
Pelos seus lábios virginais,
São cruéis armas homicidas!
Não são palavras: são punhais!

AMBROSINA — Esta satisfação aceite...

BENJAMIN — Quem é, senhora, o meu rival?

AMBROSINA — Lucas, o meu irmão de leite.

BENJAMIN — Ele?! No entanto...
(*À parte.*) Então? que tal?
(*Alto.*) Amam-se?

AMBROSINA — Oh! — desde pequenos!

BENJAMIN (*Levando a mão ao peito.*)
— Data, senhora, esta afeição
De menos tempo...

AMBROSINA — Muito menos.

BENJAMIN — Mas não tem menos intenção!

AMBROSINA — Senhor, não vá ficar magoado,
O *savoir-vivre* assim o quer...
Quem o lugar achar tomado,
Outro procure se quiser.

BENJAMIN — Diz muito bem.
(*Vai buscar o chapéu e a bengala.*)
Oh! fados cegos!
Mágoa cruel comigo vai!
E eu estava pronto a contar pregos!
A ser caixeiro de seu pai!
(*Limpa uma lágrima.*)

AMBROSINA — Outra o compreenda! outra o console!

BENJAMIN — Vou viajar, pois só assim
Do peito meu talvez se evole
O último som do bandolim!
Adeus, ó sonho meu perdido!

AMBROSINA — Não se despede de meus pais?

BENJAMIN — Bastantemente despedido
Já estou aqui. Para que mais?
Que Deus a faça venturosa
Hei de a rezar pedir a Deus!
Adeus, quimera cor-de-rosa!
Sonho... ilusão... visão, adeus! (*Sai.*)

AMBROSINA (*Só.*) — Pobre rapaz!

## Cena XI
AMBROSINA, JOÃO RAMOS, LUCAS, D. ANGÉLICA,
*depois o* COPEIRO

RAMOS — Ambrosina!
Vem cá, filhinha, vem cá!

ANGÉLICA — Não assustes a menina!

RAMOS — O Benjamin onde está?

AMBROSINA — Deixou-lhe muitas lembranças.

LUCAS — Foi-se?

AMBROSINA — Foi... rezar por mim

RAMOS — Oh, senhor, estas crianças!
Coitado do Benjamin!

ANGÉLICA — Mas tu... tu nada nos dizes?

RAMOS — Mulher, que posso eu dizer?
Felizes, muito felizes
Conto que ambos hão de ser.
(*Entre Lucas e Ambrosina.*)
Mas como nem um momento
Eu me lembrei, filhos meus,
De que era este casamento
Aconselhado por Deus?
Como visse os dois maganos
Crescerem nas minhas mão
Durante vinte e dois anos
Considerei-os irmãos!
Não me entrou na fantasia,
Nem um minuto sequer,
Que dois irmãos algum dia
Fossem marido e mulher!
E eu, tonto, andava à procura
De um genro na multidão,
Sem reparar que a ventura
Tinha ao alcance da mão!
(*Deixando-os.*)
A culpa tiveste-a, Lucas!
Não foste franco, por quê?
E vocês, suas malucas,
Tiveram medo, de quê?

LUCAS — Temiam que o casamento
Não lhe agradasse talvez...

RAMOS — Se não há impedimento!
Valha-me Deus, que vocês!...
Que todo o mundo respeite
A suspirada união!
Beberam do mesmo leite?
Pois comam do mesmo pão!

O COPEIRO (*Entrando.*)
— O jantar está na mesa.

RAMOS — Sim, senhor. Pode sair,
Mas vá, com toda a presteza,
Essa casaca despir!
(*O Copeiro sai.*)
As etiquetas dispenso!
Eu para luxos não dou!

ANGÉLICA — Do badejo, que era imenso,
Um bom pedaço ficou.

RAMOS — Do tal almoço é sobejo!
Manda-o da mesa tirar!

(*D. Angélica sai.*)

LUCAS — Mal empregado badejo!

RAMOS — Meus filhos, vamos jantar.

(*Cai o pano.*)

# O Dote

Comédia em três atos

Representada pela primeira vez no Rio de Janeiro, no Teatro Recreio Dramático, pela Companhia Dias Braga, em 8 de março de 1907

A
Júlia Lopes de Almeida
Autora da cintilante crônica
"Reflexões de um marido",
cuja leitura me inspirou esta
comédia O.D.C.

Artur Azevedo

## Personagens

HENRIQUETA
ISABEL
ÂNGELO
RODRIGO
LUDGERO
PAI JOÃO
LISBOA
ESPOSENDE

*Rio de Janeiro. Atualidade.*

# Ato Primeiro

### Cena I
*Gabinete de trabalho de Ângelo, estantes com livros, secretária atopetada de papéis, porta ao fundo, porta à direita, é dia.*

ÂNGELO, *depois* PAI JOÃO

(*Ângelo trabalha sentado à secretária. Depois de alguns momentos, Pai João, preto-mina nonagenário, entra pelo fundo.*)

PAI JOÃO — *Siô* moço *doutlô!*

ÂNGELO (*Sem levantar os olhos do trabalho.*) — Que é, Pai João?

PAI JOÃO — *Tá aí zoalelo da rua d'Ouvidlô.*

ÂNGELO — O joalheiro? Eram favas contadas! Manda-o entrar.

PAI JOÃO (*Indo ao fundo e falando para fora.*) — *Faze favlô.* (*Entra Esposende, Pai João sai.*)

### Cena II
ÂNGELO, ESPOSENDE

ESPOSENDE — Senhor doutor...

ÂNGELO — Boa tarde, Sr. Esposende. Queira sentar-se. (*Indica-lhe uma cadeira, perto da secretária.*)

ESPOSENDE — Estou bem, doutor.

ÂNGELO — Obriga-me a levantar-me. Sente-se. Aí tem cadeira.

ESPOSENDE — Obrigado. (*Senta-se.*)

ÂNGELO — Já sei o que o traz. Minha mulher esteve no seu estabelecimento, escolheu uma joia, e mandou a conta para que eu a pagasse.

ESPOSENDE — Como das outras vezes. O doutor desculpará tanta prontidão na cobrança, mas foi sua senhora mesmo quem insistiu para que eu viesse já, que o encontraria em casa. Aqui está um bilhetinho dela. (*Dá um papel a Ângelo.*)

ÂNGELO (*Lendo.*) — "Ângelo. — Paga esse anel — Tua, Henriqueta." É uma ordem à vista.

ESPOSENDE — E não pode ser mais lacônica.

ÂNGELO — E o anel?

ESPOSENDE — Está com ela. O que trago é a nota com o recibo.

ÂNGELO — Dê cá. (*Lendo a conta e erguendo-se de um salto.*) Três contos de réis!...

ESPOSENDE — Ah! meu senhor, é um diamantinho da mais pura água! Era a joia das minhas joias!

ÂNGELO — Não duvido, mas... três contos!...

ESPOSENDE — Três contos, que continuarão a ser dinheiro em caixa. Em joias ninguém se arruína. Quando são boas, não perdem o valor. Quer saber? anteontem vi exposta na Hortulânia uma parasita com o preço marcado: seiscentos mil-réis. Ontem já lá não estava. Perguntei se a tinham vendido. Dez que fossem! Imagine agora que sua senhora, em vez de gostar de joias, gostava de parasitas...

ÂNGELO (*Que durante a fala de Esposende foi a um móvel buscar um caderno de cheques do Banco, e se sentou de novo à secretária.*) — Isso é verdade.

ESPOSENDE — "Ângelo. Paga essa parasita. Tua, Henriqueta." Era um pouco mais caro. (*Vendo que Ângelo se dispõe a encher um cheque.*) É um cheque? Escreva apenas dois contos oitocentos e cinquenta mil-réis.

ÂNGELO — Pois não são três contos?

ESPOSENDE — São; mas adotei agora o sistema de dar aos maridos, particularmente, cinco por cento sobre todas as compras feitas pelas senhoras.

ÂNGELO — Quanta generosidade!

ESPOSENDE — Generosidade, não: filosofia. Também eu já fui casado; sei o valor que as senhoras dão ao dinheiro, e a facilidade com que o gastam.

ÂNGELO — Pagou também muita joia?

ESPOSENDE — Paguei sim, senhor; e foi por isso que me fiz joalheiro. Este abatimento é...

ÂNGELO — Uma espécie de ficha de consolação.

ESPOSENDE — Isso!

ÂNGELO (*Erguendo-se e entregando o cheque.*) — Obrigado pela comissão do marido.

ESPOSENDE — Não há de quê. (*Estendendo-lhe a mão.*) Dá-me licença?

ÂNGELO — Passar bem, Sr. Esposende.

ESPOSENDE — Sempre às suas ordens. Lá estamos. (*Sai*.)

## Cena III
ÂNGELO, PAI JOÃO, *depois* RODRIGO

(*Cena muda em que Ângelo indica o desgosto que lhe causou aquela despesa inútil. Contempla o caderno de cheques, abanando a cabeça, e depois vai guardá-lo no móvel de onde o tirou. Senta-se à secretária, e dispõe-se a trabalhar, mas vê a conta deixada pelo joalheiro, e examina-a de novo; depois atira-a sobre secretária, e fica pensativo, apoiando a cabeça na mão. Entra Pai João muito contente.*)

PAI JOÃO — *Siô* moço *doutlô!* (*Ângelo não ouve*.) *Siô* moço *doutlô!*

ÂNGELO (*Como que despertando*.) — Hein?

PAI JOÃO — *Tava dlomindo?*

ÂNGELO — Não; estava pensando.

PAI JOÃO — *Divina* quem *tá* aí!

ÂNGELO — Quem é?

PAI JOÃO — *Siô doutlô Lodligo!*

ÂNGELO (*Erguendo-se de um salto*.) — Rodrigo!...

PAI JOÃO (*Falando para fora*.) — *Entla, siô doutlô!* (*Entra Rodrigo. Vestuário claro de viagem*.)

RODRIGO — Onde está o grande homem? (*Vendo Ângelo*.) Ah! (*Atiram-se nos braços um do outro com efusão*.)

ÂNGELO — Eu só contava contigo daqui a um mês.

RODRIGO — Antecipei a minha viagem por causa do frio. Vi

cair tanta neve, que tive a nostalgia do sol! Não te mandei dizer nada, para causar-te uma surpresa.

ÂNGELO — Fizeste mal. Eu e minha mulher teríamos prazer em ir buscar-te a bordo.

RODRIGO — Com uma banda de música? Ela, como vai?

ÂNGELO — Minha mulher? Perfeitamente!

RODRIGO — E o bebê? Vem por aí?

ÂNGELO — Nem sinal!

RODRIGO — Isso é que é mau.

ÂNGELO — Mas como estás bem-disposto! Remoçaste, sabes?

RODRIGO — Ah! meu amigo, não há como viajar! E tu? Tens gozado sempre saúde?

ÂNGELO — Graças a Deus.

RODRIGO (*Batendo afetuosamente no ombro de Pai João.*) — E o nosso Pai João, a relíquia de família?... Sempre forte, hein?

PAI JOÃO — *Flote, non, siô doutlô... mase* vai se vivendo.

ÂNGELO — Não há mal que lhe entre!

RODRIGO — Que idade tem vossemecê, Pai João?

PAI JOÃO — *Non* sabe, *non siô... mase* Pai *Zoão* é *munto velo... munto velo...*

RODRIGO — Vossemecê viu enforcar Tiradentes?

ÂNGELO — Não; mas se fazes questão de um fato histórico, fica sabendo que aí onde o vês assistiu à partida de Pedro I depois do Sete de Abril.

RODRIGO — Deveras?

PAI JOÃO — *Si siô*... na *plaia* de Santa Luzia... Pai *Zoão* ela moleque assim... (*Indica o tamanho*.) Quando navio passou, *plaia tava* assim de *zente*... *flutaleza* dava tiro... povo *turo çolava*, *pluque* tinha pena do *impeladlô*... Eh! eh! Pai *Zoão tá munto velo*... *tá munto velo*... (*Sai*.)

## Cena IV
ÂNGELO, RODRIGO

RODRIGO — Ora, Pedro I partiu...

ÂNGELO — Em 1831.

RODRIGO — Pai João deve ter noventa anos.

ÂNGELO — Pelo menos.

RODRIGO — Isto é que é viver!

ÂNGELO — O amor não envelhece. Ele em toda a sua vida não tem feito outra coisa senão amar. Chegou àquela idade e não admite que o senhor moço doutor tenha outro criado senão ele. Se eu o aposentasse, matá-lo-ia.

RODRIGO — Coitado! é teu amigo... viu-te nascer...

ÂNGELO — Viu nascer minha mãe. (*Outro tom*.) Mas tratemos de ti... Apreciaste muita coisa boa por esse velho mundo, hein?

RODRIGO — Sim, apreciei muita coisa boa durante estes dois anos, mas passei a maior parte do tempo nas escolas e nos hospitais... A medicina continua a ser a minha paixão dominante e o meu desespero.

ÂNGELO — Ora o teu desespero por quê?

RODRIGO — Porque seria preciso viver tanto como Pai João e

ser um gênio para saber tudo! Mas onde está tua mulher? Estou morto por vê-la!

ÂNGELO — Saiu. O pai e a mãe vieram buscá-la e andam a saracotear na rua do Ouvidor e na avenida.

RODRIGO — És feliz?

ÂNGELO — Adoro minha mulher.

RODRIGO — Não é isso que pergunto. Pergunto se és feliz.

ÂNGELO — Naturalmente... Pois se a adoro! Não poderia adorá-la se não fosse feliz... nem poderia ser feliz se não a adorasse...

RODRIGO — Essa resposta é de quem não é feliz.

ÂNGELO — Já vejo que voltaste o mesmo homem.

RODRIGO — Tu conheces as minhas ideias a respeito do casamento. Marido e mulher só podem ser absolutamente felizes, quando se identificam um com o outro a ponto de se confundirem numa só individualidade. O casamento só é venturoso quando a mulher possa repetir ao marido e o marido à mulher o famoso verso do Padre Caldas: "Eu e tu somos só eu".

ÂNGELO — Isso é muito raro.

RODRIGO — Tão raro como os casamentos felizes. Olha, se eu estivesse presente, não te casarias com tanta facilidade. Mas tu aproveitaste a minha viagem... fizeste como as crianças travessas quando pilham os pais descuidados. Torço as orelhas por não te haver levado comigo!

ÂNGELO — Quem te ouvisse falar, não sei o que poderia supor.

RODRIGO — Nalgumas das cartas que me escreveste, pareceu-me entrever uns começos de arrependimento...

ÂNGELO — Oh!

RODRIGO — Desculpa-me esta franqueza brutal, mas eu sou teu amigo desde que eras pequeno, e tua mãe — tua santa mãe — considerava-me teu irmão mais velho. (*Pausa.*) Tu não és feliz. Tua mulher tem defeitos.

ÂNGELO — Não, não tem defeitos... tem um defeito, um defeito só... um defeito de educação... aliás corrigível.

RODRIGO — Mas que não tens podido corrigir.

ÂNGELO — Porque sou fraco... Nas tuas mãos ela seria uma mulher perfeita.

RODRIGO — Já sei... a menina é ciumenta...

ÂNGELO — Não... isto é... não é mais nem menos ciumenta que em geral as moças brasileiras... Ciúmes tolos... fantasias...

RODRIGO — Vamos lá! tu... em solteiro...

ÂNGELO — Em solteiro; depois de casado... Homem, já te disse que adoro minha mulher!

RODRIGO — Mas vamos! qual é seu defeito?

ÂNGELO — É perdulária!... deita o dinheiro aos punhados pela janela fora!...

RODRIGO — Bonito!

ÂNGELO — Quando a vi pela primeira vez, numa corrida no Derby...

RODRIGO — Escusas de contar-me a história dos teus amores: estou farto de sabê-la pelas tuas cartas. É, *mutatis mutandis*, a história de todos os casamentos. Dois olhares, dois sorrisos, duas cartas, dois beijos, e acabou-se. — Quem é aquela mulher? Não sei, não quero saber; só sei que é bonita, que a amo, e que não poderei possuí-la sem a levar ao pretor e ao padre. — Mas sabes tu ao menos que família é a sua? que educação recebeu? qual foi seu passado de virgem? — Oh! oh! as virgens só têm passado quando deixam de o ser! — Vamos, dize-me: que espécie de gente são os teus sogros?

ÂNGELO — O pai é meu colega.

RODRIGO — Teu colega?

ÂNGELO — É como toda a gente, um bacharel formado.

RODRIGO — Cita o autor.

ÂNGELO — Guerra Junqueiro.

RODRIGO — Adiante. Ele advoga?

ÂNGELO — Não. Vive de alguns vinténs que herdou do pai. Tem uma fazenda no Estado do Rio. É de uma ignorância, ou antes, de uma parvoíce fenomenal. Quer que o suponham rico, e aparenta grandezas que não tem nem pode ter. — A mãe é uma senhora inteligente e sensata, mas a sua inteligência e o seu bom senso capitulam invariavelmente diante das opiniões do marido. Por isso vivem como Deus e os anjos.

RODRIGO — Eu e tu somos só eu; ele é tolo, ela é pusilânime: são felizes.

ÂNGELO — Henriqueta é filha única. Foi educada como filha de milionários. Viu desde pequenina satisfeitos os seus caprichos ainda os mais extravagantes, e habituou-se a isso. Trouxe de dote cinquenta contos que, reunidos ao que me restava da herança de minha mãe, e às minhas economias, perfizeram mais de duzentos contos. Quase metade desse capital foi todo absorvido pela compra desta casa, mobília, alfaias, objetos de arte, etc., tudo exigências dela. Da outra metade, já pouco, muito pouco me resta. Um verão em Petrópolis, uma assinatura no Lírico, um cupê, uma caleça, duas parelhas de cavalos, muitas joias, alguns jantares, bailes, toaletes, etc... Parece que não é nada... tem sido um sorvedouro de dinheiro.

RODRIGO — O diabo foi ela trazer-te os tais cinquenta contos.

ÂNGELO — Foi o diabo, foi! Todas as vezes que tento reagir contra os seus desperdícios, ela atira-me à cara o seu dote! Ora, o seu dote! Onde vai seu dote! E não é só ela: é também o pai! É o dote de Henriqueta pra cá, o dote de Henriqueta pra lá! De modo, meu amigo, que estou completamente atado pelo diabo desse dote! — Minha mulher não sai à rua que não gaste muito dinheiro! Compra joias... joias inúteis... Olha... ainda hoje... (*Mostrando-lhe a conta que ficou sobre a secretária.*) Um anel de três contos de réis!... E talvez não fique nisto!... (*Entra Pai João, trazendo uma caixa de chapéu e uma conta.*)

## Cena V
### O MESMOS, PAI JOÃO

PAI JOÃO — *Tá qui, sinhá Henlicleta* mandou *pla siô* moço *doutlô pagá.*

ÂNGELO — Que digo eu? (*Vendo a conta.*) Um chapéu modelo, cento e cinquenta mil-réis. Justamente a comissão do marido.

RODRIGO — Que comissão?

ÂNGELO — É cá uma coisa! (*A Pai João.*) Deixa ficar a caixa aí sobre a secretária, e toma... (*Dando-lhe dinheiro.*) Dá estes cento e cinquenta mil-réis ao portador.

PAI JOÃO — *Si, siô.* (*Sai.*)

## Cena VI
### ÂNGELO, RODRIGO

ÂNGELO — Com este é, talvez, o décimo chapéu que ela compra este ano.

RODRIGO — Tem graça. Eu trouxe-lhe também um, de Paris. Tenho nas malas muitos presentes para ti e tua mulher.

ÂNGELO — E nada me dizes sobre o que acabo de expor?

RODRIGO — Digo-te, sim... lá chegaremos... tenho muito, muito que te dizer. Antes de mais nada, deixe que eu admire não tenhas exposto a tua mulher a situação com tanta sinceridade e clareza como acabas de o fazer a um amigo.

ÂNGELO — Ela está persuadida de que somos ricos. A verdade causar-lhe-ia um desgosto profundo, e não quero desgostá-la, porque, como já te disse, adoro-a... Adoro-a, e fica sabendo, Rodrigo, à parte esse defeito de ser gastadora, não lhe conheço outro... É a mais meiga, a mais carinhosa, a mais amante das esposas. Mas que queres? Todas as vezes que lhe falo em economias, desata a rir! Ri como se lhe eu houvesse dito uma pilhéria... de resto, ela ri de tudo... passa a vida a rir... e o seu riso é comunicativo e sonoro. Não toma nada a sério. É uma Frufru.

RODRIGO — Uma Frufru pobre.

ÂNGELO — Que se supõe rica.

RODRIGO — Pois é preciso, é urgente desvanecer-lhe essa ilusão, embora o faças com todas as precauções e cautelas, como se lhe desses a notícia da morte de um parente.

ÂNGELO — Talvez me falte o ânimo.

RODRIGO — Se ela te ama, como creio, conformar-se-á com a sorte, e aceitará resignada a pobreza do casal; se te não ama, adeus! que vá passear!

ÂNGELO — Oh!

RODRIGO — Para que precisas tu de uma mulher que te não ame?

ÂNGELO — Mas se essa mulher é a minha?

RODRIGO — Tua? Uma mulher que te não ama não pode ser tua!

ÂNGELO — E quando me não amasse? Amo-a eu, e não me sinto com forças para viver sem ela!

RODRIGO — Mas se também não te sentes com forças para aguentar o repuxo? Quem não pode com a carga, arria!

ÂNGELO — Ou deixa-se esmagar por ela! Que diabo! Vê que não se trata da minha amante, mas da minha esposa.

RODRIGO — E tu a dar-lhe! O que te aconselho apavora à primeira vista, mas é honesto e sensato. Enche-te de coragem, chega-te à tua mulher, e dize-lhe: Menina, estamos sem vintém; os teus cinquenta contos e os meus cento e cinquenta evaporaram-se. Se queres viver modestamente de hoje em diante, isto é, sem carros nem cavalos, nem uma dúzia de chapéus por ano, continuarei a ser o teu esposo, e com muito prazer, porque te amo; se não queres, vai para a casa de teu pai, e leva contigo as tuas joias, as tuas toaletes, os teus chapéus, e mais o teu dote, que te restituo intacto!

ÂNGELO — E depois?

RODRIGO (*Naturalmente.*) — Depois trataremos do divórcio.

ÂNGELO — Do divórcio!... Pois tu não achas que o divórcio é um escândalo?

RODRIGO — Acho, e foi por isso que nunca me quis casar. Não gosto de dar escândalos. (*Ouvem-se as gargalhadas de Henriqueta.*)

ÂNGELO — Ouves? É ela... é o seu riso! Vê que alegria vai entrar nesta casa

## Cena VII
ÂNGELO, RODRIGO, HENRIQUETA, LUDGERO, ISABEL

(*Henriqueta é a primeira a entrar. Vem rindo às gargalhadas, e cai sentada numa cadeira.*)

ÂNGELO — De que estás rindo? (*Ela ri tanto, que não pode responder. A Ludgero.*) Que viu ela?

LUDGERO — Sei lá! Foi ao sair do bonde que começou a rir.

HENRIQUETA (*A Ângelo.*) — Imagina que aquele teu amigo que é juiz... aquele que foi delegado... que veio a um dos nossos jantares...

ÂNGELO — O Ponciano?

HENRIQUETA — Deve ser isso. Ele tem cara de Ponciano. (*Todos riem.*) Acompanhou-me hoje por toda parte... esperou por mim à porta do Palais-Royal... à porta do Esposende... entrou no Castelões logo atrás de mim... saiu quando eu saí... e agora, ao descer do bonde, dei com o pobre conquistador sentado no último banco, a lançar-me uns olhos de enchova morta. Não pude conter o riso! (*Rindo-se.*) Ah! ah! ah!! que homem ridículo! (*De repente muito séria.*) Aí está por que não gosto de andar senão de carro!

ÂNGELO — Pois sim, mas enquanto o cocheiro estiver doente...

HENRIQUETA (*Rindo.*) — Espero que não desafies o Ponciano! (*Muito séria.*) Oh! um duelo por minha causa! Nunca!

ÂNGELO — Henriqueta, deixa-me apresentar-te um amigo que deves ter muita satisfação em conhecer pessoalmente...

HENRIQUETA — Ah! o dr. Rodrigo! (*Estende-lhe a mão, que ele aperta.*)

RODRIGO — Conhece-me?

HENRIQUETA — Quando não tivéssemos o seu retrato, Ângelo tem me falado tanto, tanto do seu melhor amigo, e tantas vezes descrito a sua pessoa, que eu, vendo-o, reconhecê-lo-ia logo.

ÂNGELO — Chegou sem ser esperado, e a sua primeira visita foi nossa.

RODRIGO — Mesmo em trajo de bordo.

HENRIQUETA — Não imagina como é querido nesta casa!

RODRIGO — Vossa Excelência confunde-me. (*Beija-lhe a mão.*)

HENRIQUETA — Admito esse Vossa Excelência por ser a primeira vez que nos falamos, mas desde já o intimo a tratar-me com a mesma familiaridade com que trata meu marido. O senhor é da família. (*Rodrigo inclina-se.*)

ÂNGELO (*Apresentando.*) — D. Isabel de Lima, minha sogra... O Dr. Rodrigo Fontes...

RODRIGO — Minha senhora...

ISABEL — Folgo de o conhecer. (*Apertos de mão.*)

ÂNGELO — O Dr. Ludgero de Lima, meu sogro. O Dr. Rodrigo Fontes...

RODRIGO *e* LUDGERO — Doutor... (*Apertos de mão.*)

LUDGERO — Meu genro já me havia falado muitas vezes do doutor... Acaba de chegar da velha Europa, creio?

RODRIGO — Sim, senhor, hoje mesmo.

LUDGERO — Então ainda não apreciou os embelezamentos da cidade?

RODRIGO — Apenas de relance... Já estavam muito adiantados quando parti, há dois anos.

LUDGERO — Tem sido uma transformação — como direi? — radical!

HENRIQUETA (*A Ângelo.*) — Sabes quem vi na Avenida? Chiquinha Gomes... É a quarta ou quinta vez que a vejo com aquele vestido cinzento!

ISABEL — Que tem isso, minha filha? Olha, este já o tenho posto mais vezes.

HENRIQUETA — Pois sim, mas tu não és uma pretensiosa como a Chiquinha Gomes, que se intitula a árbitra das elegâncias femininas! (*Rindo-se*.) Ah! ah! ah! Sabes como a Adelaidinha lhe chama? D. Petrônia! (*Todos riem*.) Pobre senhora! Não se enxerga! Uma elegante que passeia na avenida Beira-mar sem chapéu, sob pretexto de que mora perto! — A propósito de chapéus, trouxeram? — Ah! cá está ele! (*A Ângelo*.) Gostaste?...

ÂNGELO — Paguei. (*Todos riem*.)

HENRIQUETA — Não gostaste?

ÂNGELO — Não vi.

HENRIQUETA — Com efeito! que falta de curiosidade! (*Vai abrir a caixa, tira o chapéu e mostra-o a Ângelo durante o diálogo que se segue*.)

LUDGERO (*A Rodrigo*.) — Vai abrir consultório, doutor?

RODRIGO — Não, senhor; eu não clinico.

LUDGERO — Mas, se não me engano, meu genro disse-me que o doutor tinha ido estudar medicina.

RODRIGO — Efetivamente, mas para o meu uso particular.

LUDGERO — Por que não clinica?

RODRIGO — Porque tenho medo. A responsabilidade do médico é tamanha, que me assusta. Não me considero suficientemente habilitado para curar os enfermos.

LUDGERO — Essa modéstia é — como direi? — excessiva.

RODRIGO — São escrúpulos.

LUDGERO — Se os seus colegas pensassem todos assim, poucos médicos haveria.

RODRIGO — E pouquíssimos doentes.

LUDGERO — Pois também eu não advogo, não porque não tenha confiança nas minhas luzes, mas porque felizmente me encontro numa situação — como direi? — independente. Sou proprietário agrícola. (*Rodrigo inclina-se.*)

HENRIQUETA (*A Rodrigo.*) — Dá-me a sua opinião sobre este chapéu?

RODRIGO — Peço-lhe que me dispense, minha senhora, porque nada entendo de modas. Entretanto, direi que o conjunto é agradável... as cores combinam-se bem... esta pluma é graciosa e está colocada com certo sentimento estético.

LUDGERO — Bravo! falou como um artista.

RODRIGO — Em chapéus.

ISABEL — Foi por causa dessa pluma que ele custou tão caro.

LUDGERO — Cento e cinquenta mil-réis.

ISABEL — E o homem pediu duzentos. Se não fosse eu, Henriqueta comprava-o por esse preço.

HENRIQUETA — Mesmo assim, não seria caro.

LUDGERO — Talvez não seja essa a opinião de meu genro, que pagou. (*A Rodrigo, em tom meio confidencial.*) É verdade que a pequena trouxe alguma coisa para — como direi? — para os seus alfinetes...

RODRIGO — Mas, a julgar pelo preço deste chapéu, atualmente os alfinetes estão pela hora da morte.

ISABEL — Tudo encareceu no Rio de Janeiro!

LUDGERO — Tudo! O pobre luta com dificuldades — como direi? — insuperáveis para viver! Felizmente não me posso queixar da sorte... gasto muito, muitíssimo, mas vivo a meu gosto.

HENRIQUETA — É o essencial. Quando a gente não vive a seu gosto, o melhor é morrer. (*Ângelo troca um olhar de inteligência com Rodrigo*.)

RODRIGO — A mortandade será horrível, porque raros indivíduos vivem a seu gosto.

ISABEL — O doutor é solteiro?

RODRIGO — Sim, minha senhora.

ISABEL — E não pensa em casar-se?

RODRIGO — Eu poderia responder a Vossa Excelência como Fontenelle, quando lhe fizeram a mesma pergunta; mas confesso que nunca pensei no casamento. A vida conjugal assusta-me também, tal qual a Medicina.

LUDGERO — Mas na comunhão social, o matrimônio é um dever — como direi? — imprescritível; é o complemento do homem.

RODRIGO — Pois eu decididamente não me completo.

ISABEL — Ludgero, não se esqueça de que vamos à casa do conselheiro, e é longe.

LUDGERO — Tens razão, minha mulher. Vamos!

ÂNGELO — Então não jantam conosco?

HENRIQUETA — Foram convidados para um jantar de aniversário...

ÂNGELO — Natalício?

LUDGERO — Não; casamentício. Vamos, minha mulher!

ISABEL — Vamos!

LUDGERO (*A Rodrigo*.) — Doutor, tenho muita honra em conhecê-lo, e lá estamos às suas ordens na pensão Schumann. Depois que casei a filha, desmanchei o palacete.

RODRIGO — Santa Teresa, rua Petrópolis, número 50.

LUDGERO — Todas as vezes que nos der a honra de sua visita, será recebido — como direi? — com especial agrado.

RODRIGO — Agradecido.

ISABEL — Doutor...

LUDGERO — Até sempre. (*Apertos de mão*.)

HENRIQUETA — Vou acompanhá-los até o jardim. (*Saem Ludgero e Isabel, acompanhados por Henriqueta*.)

## Cena VIII
ÂNGELO, RODRIGO

RODRIGO — Tua sogra parece-me uma excelente senhora; mas teu sogro é um idiota.

ÂNGELO — Não te dizia?

RODRIGO — Parece até que a sogra é ele e não ela. — Como é que um homem assim consegue formar-se em Direito?

ÂNGELO — Que diabo! Há-os ainda piores!

RODRIGO — Não! olha que aquele casamentício...

ÂNGELO — O que deve dizer é como um homem assim pode ser pai de Henriqueta!

RODRIGO — Tua mulher é realmente lindíssima, encantadora...

mas não te ofendas se te disser que a achei frívola.

ÂNGELO — Sou o primeiro a reconhecer que ela...

RODRIGO — Achei de muito mau gosto aquela história do Ponciano.

ÂNGELO — Também eu: mas... não te disse que ela não tomava nada a sério?

RODRIGO — Com a cabecinha que tem, talvez te seja difícil convencê-la de que é preciso modificar profundamente o seu modo de viver. Mas ora adeus! Tens sido muitas vezes eloquente na tribuna; trata de sê-lo agora em família. Tens alcançado grandes triunfos na defesa dos outros; pois defende-te agora a ti mesmo e à tua mulher!

ÂNGELO — Como seríamos felizes se eu fosse rico!

RODRIGO — Não é dinheiro que vos falta.

ÂNGELO — Já sei, é juízo.

RODRIGO — Também não é juízo. O que vos falta é um filho. Não que eu pense do casamento sem filhos o mesmo que Tolstoi, um sábio que abusa singularmente do direito de dizer coisas que nele são paradoxos, e noutro qualquer seriam disparates. Um filho seria para tua mulher um excelente derivativo, e a ele, senão a ti, faria ela todas as concessões imagináveis. Entretanto, fala-lhe francamente, e quanto antes melhor. O anel de três contos que ela traz no dedo é um ótimo pretexto para uma explicação urgente, que não deves adiar.

## Cena IX
OS MESMOS, HENRIQUETA

HENRIQUETA — Lá foram eles.

RODRIGO (*Que foi tomar o chapéu e a bengala.*) — Minha senhora...

HENRIQUETA — Já? Pois não janta?

RODRIGO — Hoje não. Tenho que ir a casa, desarrumar as malas, dar algumas ordens, etc. Quem chega de uma longa viagem está morto por se apanhar no seu *ubi*.

HENRIQUETA — Tem razão, mas espero que considere esta casa como sua.

RODRIGO — Muito obrigado. (*Aperta-lhe a mão, e vai apertar a de Ângelo.*) Até amanhã.

ÂNGELO — Até amanhã. (*Passa-lhe um braço em volta do pescoço e sai com ele.*)

## Cena X
HENRIQUETA, *depois* ÂNGELO

(*Pequena cena muda. Henriqueta vai examinar mais uma vez o chapéu, que ficou sobre a secretária. Depois guarda-o na caixa.*)

ÂNGELO — Isto é que é amizade! Rodrigo desembarcou e, antes de ir a casa, veio visitar-nos!

HENRIQUETA — É muito simpático.

ÂNGELO — E um coração de ouro.

HENRIQUETA — Mas não simpatizou comigo.

ÂNGELO — Por que o dizes?

HENRIQUETA — Não sei; pareceu-me que não me olhava com bons olhos. Fiz-lhe talvez má impressão.

ÂNGELO — Prevenção tua. (*Senta-se.*)

HENRIQUETA — Foi talvez a história do Ponciano.

ÂNGELO — Mas também que lembrança a tua! Bem podias guardar aquilo para quando estivéssemos sós.

HENRIQUETA — Eu não o tinha visto. (*Indo sentar-se ao lado de Ângelo.*) Ele é muito simpático, mas tu... (*Dando-lhe um beijo.*) Tu és muito mais simpático.

ÂNGELO — Ora graças que me deste um beijo!

HENRIQUETA — Toma outro pela demora.

ÂNGELO (*Tomando-lhe as mãos.*) — É este o anel que compraste por três contos?

HENRIQUETA — Ah! sim, esqueci-me de to mostrar! Vê como é lindo!

ÂNGELO — Mas não achas que isto é caro por três contos?

HENRIQUETA — Caro?... É o preço! Bem sabes que o Esposende é um negociante sério.

ÂNGELO — Não digo o contrário, mas há brilhantes que fazem mais vista e são mais baratos.

HENRIQUETA — Cala-te! Não entendes disto!

ÂNGELO — E tu? entendes?

HENRIQUETA — Mais do que tu.

ÂNGELO — Que necessidade tinhas de comprar este anel?

HENRIQUETA — Que necessidade tinha de o não comprar?

ÂNGELO — Já possuis tantas joias...

HENRIQUETA — As joias nunca são demais: são como as estrelas no céu.

ÂNGELO — Henriqueta, amo-te muito, muito, e não quisera dizer-te nada que te pudesse afligir...

HENRIQUETA — É sermão? Deixa-me primeiro mudar de toalete, que são quase horas de jantar.

ÂNGELO — Vem cá... o meu dever é prevenir-te de uma coisa.

HENRIQUETA — Que coisa?

ÂNGELO — Tu nos supões mais ricos do que na realidade somos.

HENRIQUETA — Estamos então na miséria?

ÂNGELO — Não, não estamos na miséria, mas lá chegaremos se não encurtarmos as nossas despesas. Quem só possui o que nós possuímos não tem o direito de comprar anéis de três contos.

HENRIQUETA — Ah! ah! ah! Só esta me faria rir! Que grande coisa um brilhante de três contos! Há-os de trinta, quarenta e cinquenta contos!

ÂNGELO — De muito mais! O Grão-Mogol, que pertence à coroa da Inglaterra, foi avaliado não sei em quantos milhões de libras esterlinas!

HENRIQUETA — Pois bem... não tens do que te zangar... Paga este anel com o dinheiro do meu dote.

ÂNGELO — Já cá tardava o teu dote.

HENRIQUETA — És tu que me obrigas a falar nele!

ÂNGELO — O teu grande dote!

HENRIQUETA — Vamos e venhamos. Não é pataca e meia: são cinquenta contos de réis!

ÂNGELO — E sabes quanto temos gasto desde que nos casamos?

HENRIQUETA — Espero que não vás agora exigir que me ocupe dessas coisas.

ÂNGELO — Mas é bom que te ocupes. A gente deve saber quanto possui e de quanto pode dispor... Nós fazemos despesas supérfluas, que devemos cortar.

HENRIQUETA — Quais são elas?

ÂNGELO — Que necessidade temos de carros e cavalos que nos custam os olhos da cara?

HENRIQUETA — Quê?... Tu queres desfazer-te do nosso cupê e da nossa caleça? Ah! ah! ah! Deixa-me rir! Que diabo tens tu hoje? Foi com a chegada do teu amigo? — Não! por amor de Deus, não me digas, nem brincando, que devemos suprimir os carros! Seria muito ridículo! Que bonita figura nós faríamos! (*Abraça-se ao marido chorando.*)

ÂNGELO — Não chores, que não te quero ver chorar!

HENRIQUETA — Então para que provocas as minha lágrimas?

ÂNGELO — Acabou-se, passou; dá cá um beijo.

HENRIQUETA — Não dou!

ÂNGELO — Dá!

HENRIQUETA — Não dou!

ÂNGELO — Pois não dês; tomo-to à força. (*Beija-a.*)

HENRIQUETA — Mau! Mal sabes tu que há muitos dias eu me estava preparando para pedir-te um automóvel!

ÂNGELO — Um automóvel? Estás doida! Onde iríamos nós buscar dinheiro para um automóvel?

HENRIQUETA — No meu dote!

ÂNGELO — Tu sabes quanto custa um automóvel?

HENRIQUETA — O de Chiquinha Gomes custou só quinze contos!

ÂNGELO — E o chofer, os consertos, a gasolina?...

HENRIQUETA — Ora a gasolina!

ÂNGELO — Ouve, Henriqueta. No Rio de Janeiro, que precisa ainda de muitas avenidas para que nele se possa viver à vontade, como nos grandes centros civilizados, há muita gente que sabe da vida alheia mais do que lhe vai por casa. Tu não sabes quanto possuímos, e muitos estranhos o sabem, como se houvessem revistado as nossas gavetas; e as senhoras que gastam mais do que deveriam gastar são, pelo menos, suspeitadas. Ainda agora disseste que o Ponciano te acompanhou hoje por toda parte, como se foras uma mulher fácil. O Ponciano é um bobo, mas não creias que procedesse com tanta impertinência se alguma coisa não lhe rosnasse a teu respeito.

HENRIQUETA — Que poderão dizer de mim? Sou uma senhora irrepreensível. Gosto de rir, de brincar, mas...

ÂNGELO — Não é o teu riso nem são os teus brincos que me inquietam: isso é a tua mocidade rebentando em flor. Eu só protesto contra os teus hábitos de dissipação.

HENRIQUETA — Dissipação?

ÂNGELO — Sim! Tu gastas como se fosses casada com o rei do petróleo!

HENRIQUETA — Ah! ah! ah! Ainda agora a gasolina, agora o petróleo.

ÂNGELO — Peço-te que desta vez não te rias, porque estou falando muito seriamente.

HENRIQUETA — Com efeito! nunca pensei que viesses perturbar a nossa ventura com uma questão de níqueis.

ÂNGELO — Não são níqueis: são contos de réis que atiras à rua!

HENRIQUETA — Quando desaparecer o último vintém do meu dote, avisa-me. Podes ficar certo de que, esgotados os meus cinquenta contos, não gastarei mais nem um real: só comprarei vestidos de chita e brilhantes montana.

ÂNGELO — Vejo que não há meio de te falar seriamente.

HENRIQUETA — Se eu quisesse tomar a sério tudo quanto me tens dito, não sei o que seria de nós. Não é a primeira vez que me ralhas por causa das minhas despesas, mas hoje me tens dito coisas que nunca ouvi dos teus lábios. Ora as minhas despesas! As minhas despesas são, no final das contas, as mesmas que fazem todas as senhoras na minha situação.

ÂNGELO — Mas, vem cá, meu amor: tu sabes qual é a tua situação?

HENRIQUETA (*Chorando*.) — Sei! é a situação de uma pobre mulher, que foi amada e já o não é. Pelos modos, o teu amor é a moeda que mais se gasta nesta casa... e a moeda com que tenho pago as minhas loucuras!... Confessa que o teu coração está mais vazio que o teu cofre!

ÂNGELO — Cala-te, Henriqueta, cala-te! Não sabes o que estás dizendo! Amo-te muito, muito, e o meu amor é o mais puro, o mais nobre, o mais desinteressado, o mais cavalheiresco! Eu quisera possuir milhões e bilhões para arrojá-los a teus pés e satisfazer assim a todos os caprichos da tua fantasia! Não! não é com o meu amor que se pagam as tuas joias e o teu luxo; se essa fosse a paga, todas as joias do mundo seriam tuas; poderias ser a rainha universal da moda, porque a fonte não se estancaria jamais! Infelizmente, porém, o amor não paga senão o amor; as carruagens, os cavalos, as toaletes com que deslumbras quem passa, provocando admiração, inveja e maledicência, são pagos a dinheiro, e o dinheiro corre de uma fonte menos inexaurível que a do amor!

HENRIQUETA — Não me fales em dinheiro, Ângelo; não

levantes uma nuvem negra no céu azul da nossa ventura! Já te disse, dispõe do meu dote. Não falemos mais nisso! Não percamos em discussões odiosas o tempo, que é pouco para nos amarmos... Em vez de me repreenderes, acaricia-me: em vez de conselhos, dá--me beijos; são tão bons os teus beijos!... (*Depois de se beijarem.*) Não alteremos o nosso modo de viver... Temos sido assim tão felizes!... Promete, meu Ângelo, promete que nunca mais me falarás em dinheiro... Promete...

ÂNGELO — Prometo.

HENRIQUETA — Jura!

ÂNGELO — Juro.

HENRIQUETA — Também eu te amo tanto, tanto, tanto! Não tenho no mundo senão minha mãe, meu pai e tu...

ÂNGELO — Eu não tenho senão tu. (*Vendo entrar Pai João.*) Minto! Tenho também Pai João.

PAI JOÃO — O *zantá z'tá* na mesa.

HENRIQUETA — Bonito! O jantar está na mesa e eu não mudei de toalete...

(*Cai o pano.*)

# Ato Segundo

*O mesmo gabinete, três meses depois.*

### Cena I
ÂNGELO, RODRIGO

(*Ângelo está sentado à secretária, pondo papéis em ordem. Rodrigo entra pelo fundo.*)

RODRIGO — Recebi o teu recado. Aqui estou.

ÂNGELO (*Erguendo-se.*) — Ainda bem. (*Apertando-lhe a mão.*) Obrigado.

RODRIGO — Que há?

ÂNGELO — Fiz hoje o que há três meses, no dia em que chegaste da Europa, me aconselhaste que fizesse.

RODRIGO — Desembuchaste?

ÂNGELO — Desembuchei.

RODRIGO — Ora graças!

ÂNGELO — Disse a minha mulher toda a verdade, toda a medonha verdade. Logo que percebeu qual era o assunto da conversa, enfureceu-se. Sabes que eu havia prometido e até jurado nunca mais falar-lhe em dinheiro...

RODRIGO — Sim.

ÂNGELO — Não queria ouvir... tentava fugir-me... Foi preciso que eu a agarrasse pelo pulso e a obrigasse a ouvir tudo!

RODRIGO — Nessas condições talvez não ouvisse nada.

ÂNGELO — Ouviu com certeza. Pôs-se a chorar... um choro de raiva... um choro mau, que lhe não conhecia, e me fez descobrir nela, pela primeira vez, alguma coisa que destruía todo o seu encanto feminil. E o seu olhar tomou uma expressão inédita... uma expressão que jamais suspeitei naqueles olhos... uma expressão em que julguei adivinhar, enfim, que a natureza não a fez para mim, nem me fez a mim para ela! Basta um olhar para prender e subjugar um homem... outro olhar é bastante para libertá-lo! (*Esfregando os olhos como se saísse de um sonho.*) Acabou-se!

RODRIGO — E depois desse olhar? Mais nada?

ÂNGELO — Nada mais. Henriqueta foi para o seu quarto e fechou-se por dentro, batendo violentamente a porta. (*Pausa, durante a qual os dois amigos passeiam sem dizer palavra.*) A minha situação é desesperadora! Isto não pode continuar!

RODRIGO — Naturalmente. O mesmo disse-te eu há três meses. Mas descansa... vejo as coisas bem encaminhadas.

ÂNGELO — Escrevi hoje a meu sogro.

RODRIGO — Em que sentido?

ÂNGELO — Convidando-o para uma conferência sobre negócios de família. Palpita-me que nada conseguirei de Henriqueta. Pode ser que seu pai consiga tudo.

RODRIGO — E eu? Para que me mandaste chamar?

ÂNGELO — Para te dizer isso mesmo e perguntar-te se aprovas o meu programa.

RODRIGO — Duvido muito que teu sogro lhe faça ouvir a voz da razão. É um fútil. Em todo caso, é de boa política recorrer ao pai antes de tomar uma resolução extrema. É mesmo por aí que deveríamos ter começado. Não me lembrei disso. Que queres? Eu sou pelos meios violentos, tu és pela conciliação. Bem se vê que és advogado, e eu médico.

ÂNGELO — Achas então que fiz bem chamando meu sogro?

RODRIGO — Fizeste muito bem. Se ele não se puser ao teu lado, se tomar as dores da filha, dize-lhe francamente que pode levá-la, e mais o dote.

ÂNGELO — O dote irá depois.

RODRIGO — Não: já.

ÂNGELO — Onde irei eu buscá-lo de pronto?

RODRIGO — Na algibeira de teu irmão.

ÂNGELO (*Apertando-lhe a mão.*) — Obrigado.

RODRIGO — Para que servem os irmãos? — Quando ficou de vir teu sogro?

ÂNGELO — Estou à sua espera. Creio que não poderá tardar.

RODRIGO — Nesse caso, retiro-me. Voltarei para saber o resultado da conferência. Até logo.

ÂNGELO — Até logo. (*Vai sentar-se à secretária e continua a pôr papéis em ordem.*)

RODRIGO (*Ao sair, encontrando-se com Pai João, que entra.*) — Salve, contemporâneo ilustre do primeiro reinado!

PAI JOÃO — Eh! eh! *siô doutló Lodligo z'stá semple blincando!* (*Rodrigo sai*.)

## Cena II
ÂNGELO, PAI JOÃO

ÂNGELO — Há alguma novidade, Pai João?

PAI JOÃO — *Siô* moço *doutlô* inda não pode *paglá* o *cocelo*, nem o *copelo*, nem o *jladinelo*?

ÂNGELO — Por quê? resmungaram?

PAI JOÃO — *Lez'mungalo, si, siô... Dize* que se *siô* moço *doutlô* não paga *hose*, ele *z'tudo* vai se *embola*.

ÂNGELO — Que esperem mais três dias! E, se não quiserem, rua! Canalha, que tem sido tão bem paga até hoje!

PAI JOÃO — Pai *Zoão zá cingou* ele *z'iá dentlo... zá* disse o *diablo* a esse *z'sem vlegonha. Ola*, se seu moço *doutlô* não tem *dinelo, plo* que não pede *pletado* a siô *doutlô Lodligo*?

ÂNGELO — Não! não me animo! Tenho vergonha de confessar a Rodrigo a miséria a que me deixei arrastar... Mas tranquiliza-te, Pai João: estou para receber dinheiro... tenho clientes que me prometeram pagar por estes dias. Depois d'amanhã receberei dois contos de réis.

PAI JOÃO — Ah! é *vledade*! *Tá* aí também aquele *home*...

ÂNGELO — Que homem?

PAI JOÃO — Aquele bonito, que veio *s'outlo* dia, que usa luneta *ledonda* num *ôlo* só, e meia *plo* cima de botina, que *siô* moço *doutlô* disse que ele *ela aziota*.

ÂNGELO — Já contava com essa visita. Que maçada! Manda-o entrar.

PAI JOÃO — *Si, siô.* (*Vai ao fundo e faz entrar Lisboa. Este é um bonito homem, vestido à moda e com extraordinária elegância. Monóculo. Polainas brancas.*)

## Cena III
ÂNGELO, LISBOA

LISBOA — Senhor doutor, tenho a honra de cumprimentar a Vossa Senhoria.

ÂNGELO (*Secamente.*) — Adeus.

LISBOA (*Puxando uma cadeira.*) — Peço licença para...

ÂNGELO (*Retirando-lhe a cadeira.*) — É inútil sentar-se. Em poucas palavras o despacho. (*Falando sem olhar para ele, e com volubilidade, como para se ver livre quanto antes de tão desagradável visita.*) Ainda hoje não lhe posso pagar, e é muito provável que nem amanhã, nem por estes dias mais próximos. Nada receie pelo seu dinheiro. O juro com que mo emprestou foi tão elevado, tão extraordinariamente, tão torpemente elevado, que uma pequena demora em nada o prejudicará. Tenho esta casa... estes móveis... posso dispor das joias de minha mulher... mas não quero hipotecar nem vender coisa alguma: só lançarei mão do dinheiro que tenho a receber. Espero vencer uma grande causa no Supremo Tribunal. Compreende que eu tenha mais interesse em me ver livre de você, que você de mim. Não se me dava de pagar ainda mais juros para evitar a sua presença.

LISBOA — Era isso mesmo o que eu lhe vinha propor.

ÂNGELO — Isso mesmo o quê?

LISBOA — Aumentar o valor da dívida para não esperar de graça.

ÂNGELO — De graça! Pois ainda lhe parece pouco o que...

LISBOA (*Interrompendo-o.*) — Entendamo-nos, meu caro

doutor. Vossa Senhoria pediu-me dez contos de réis e assinou um título de depósito de quinze... título com o qual, entre nós, posso metê-lo na cadeia em vinte e quatro horas...

ÂNGELO — Se eu não lhe pagar em vinte e três e cinquenta e nove minutos, é exato. Veja você como este mundo é feito... Você, que é um ladrão, pode meter-me na cadeia, e eu, que sou um homem honrado, não posso fazer mais do que estou fazendo... posso apenas cuspir-lhe estes insultos na cara!

LISBOA — Se Vossa Senhoria me diz coisas tão feias antes de me pagar, que fará quando estivermos quites!

ÂNGELO — Quanto cinismo!

LISBOA — Meu caro doutor, quando um não quer, dois não brigam. Insulte-me à vontade... tem licença para fazê-lo... Quando abracei a infamante profissão de emprestar dinheiro a juros, muni--me de toda a coragem, resignação e paciência necessárias para ouvir tudo quanto me quisessem dizer. O dentista é muitas vezes insultado pelo freguês, quando lhe arranca um dente, e não reage. Também eu não reajo. Pagar juros dói, e o insulto é um desabafo instintivo. Um usurário do tempo antigo zangar-se-ia; mas eu, como vê, sou usurário *art-nouveau*. Não ando sujo nem mal trajado... não tenho a barba por fazer... não uso óculos escuros... não tomo rapé... visto-me no melhor alfaiate, uso os melhores perfumes, sou um elegante.

ÂNGELO (*Entre dentes.*) — O que você é eu sei.

LISBOA — Vamos! insulte! — Insulte, mas pague. Há três dias que os quinze contos deviam estar no meu bolso: não estão ainda... Bem sei que não correm perigo... mas é justo que Vossa Senhoria reforme o título de depósito, dando-me novos interesses.

ÂNGELO — Pois não está satisfeito de me haver emprestado dez contos para receber quinze?

LISBOA — Parece-lhe exagerado o meu lucro? Permita dizer--lhe que isso é preconceito, meu caro doutor. E, se não, veja: Vossa

Senhoria disse-me que está patrocinando uma causa quase vencida, e está, que o sei. Porventura o dinheiro com que vai ser pago representa a justa remuneração, o valor intrínseco do seu trabalho? Não! Se lhe aparecesse o mesmíssimo trabalho e lhe rendesse apenas a terça parte do que esta lhe vai render, Vossa Senhoria não a mandaria a nenhum colega pobre.

ÂNGELO — Deixe-me! Preciso estar só.

LISBOA — Mais duas palavras: Vossa Senhoria tem uma doença grave, está em perigo de vida; manda chamar um médico; este vem, salva-o e cobra-lhe cinco... seis... dez contos de réis. Vossa Senhoria paga-lhos de cara alegre, porque entende — e entende muito bem — que a sua vida vale muito mais. Entretanto, o homem que cobra cinco contos para salvar-lhe a honra, mais preciosa que a vida, é um ladrão! Veja Vossa Senhoria como este mundo é feito! Creia-me, meu caro doutor, que todos nós rolamos neste velho planeta, com a mesma preocupação: fazer passar para as nossas algibeiras o dinheiro que está nas algibeiras dos outros. Ele tem muitos nomes... chama-se juros, honorários, bonificações, comissões, gratificações, etc., mas é sempre o mesmo dinheiro; são as mesmas notas que vão e vêm, fogem e voltam deste para aquele maço... desta para aquela mão... fiz como os outros. Vossa Senhoria precisou de dinheiro por estar enforcado. Procurou-me como procuraria um médico, se precisasse de saúde por estar doente. Aproveitei, como aproveitaria o médico. Note-se que não ofereci os meus serviços a Vossa Senhoria... foi Vossa Senhoria que me procurou, solicitando esse empréstimo. E peço licença para lembrar a Vossa Senhoria que nessa ocasião não fui insultado.

ÂNGELO — Mas, afinal, que deseja?

LISBOA — Já disse. Ou o pagamento imediato dos quinze contos, ou a renovação do título de depósito.

ÂNGELO — Mais cinco contos?

LISBOA — Não! — eu sou menos ladrão do que lhe pareço. Exijo apenas mais dois contos e quinhentos. (*Tirando um papel do bolso.*) Aqui está o novo título estampilhado. É só assiná-lo.

ÂNGELO (*Indo à secretária.*) — Repito: você é um ladrão...

LISBOA — Refinado!

ÂNGELO (*Tomando a pena.*) — Um salteador...

LISBOA — De estrada!

ÂNGELO (*Assinando.*) — Uma pústula...

LISBOA — Social!

ÂNGELO — Toma, bandido! Que é do outro título?

LISBOA — Cá está. (*Trocam os títulos. Ângelo examina o que recebe e rasga-o.*)

ÂNGELO — Agora, rua!

LISBOA — Meu caro doutor, sempre às ordens de Vossa Senhoria. (*Vai a sair. Entram Ludgero e Isabel. Lisboa cumprimenta-os com muita correção de maneiras e sai.*)

## Cena IV
ÂNGELO, LUDGERO, ISABEL

LUDGERO (*Impressionado pela figura de Lisboa.*) — Quem é este senhor?

ÂNGELO — Um cliente.

LUDGERO — É um cavalheiro — como direi? — correto.

ÂNGELO — Corretíssimo.

LUDGERO (*Apertando a mão de Ângelo.*) — Tem passado bem?

ÂNGELO — Menos mal, obrigado.

ISABEL (*Depois de apertar a mão de Ângelo.*) — E Henriqueta?

ÂNGELO — Boa.

LUDGERO — Recebi o seu bilhete, e aqui estou, quero dizer: aqui estamos, porque, como se tratava de uma conferência sobre negócios de família, entendi que devia trazer comigo minha mulher. Fiz mal?

ÂNGELO — Fez muito bem.

ISABEL — Estou assustada. Há alguma novidade?

LUDGERO — Que novidade quer você que haja, minha mulher? Não há novidade alguma! Jesus! as mulheres são todas — como direi? — impressionáveis.

ÂNGELO — Engana-se, doutor: temos uma grande novidade.

LUDGERO — Ah!

ÂNGELO — E eu peço toda a sua atenção — e a da senhora — para o que vou dizer. Sentemo-nos. (*Sentam-se.*)

LUDGERO — Este mistério!... esta solenidade!... (*Erguendo-se com veemência.*) Dar-se-á caso que minha filha, esquecendo o decoro que deve a si, à família e à sociedade, tenha faltado aos seus deveres — como direi? — conjugais?

ISABEL — Cale-se, Ludgero!... isso é impossível!...

ÂNGELO — Diz muito bem — Henriqueta é a mais pura das mulheres. (*Ludgero senta-se, tranquilizado.*)

ISABEL — Onde está ela?

ÂNGELO — No seu quarto.

ISABEL — Incomodada?

ÂNGELO — Não; amuada.

LUDGERO — Amuada?

ÂNGELO — Zangada, se quiser.

LUDGERO (*Rindo.*) — Ah! já sei do se que trata. Ciúmes. A pequena desconfiou de alguma coisa... Ande lá! o senhor não é — como direi? — um santo... não caiu do céu por descuido...

ÂNGELO — Ora essa! afirmo-lhe que sou o mais fiel dos maridos.

LUDGERO — Pois sim! No Rio de Janeiro só há um marido fiel.

ISABEL (*Sem ironia.*) — É você.

LUDGERO — Sou eu. (*Fazendo menção de levantar-se.*) Mas deixa estar, que arranjo tudo!

ÂNGELO (*Obrigando-o a sentar-se.*) Não! não se trata de ciúmes. Trata-se de coisa muito mais séria.

LUDGERO — Ah!

ÂNGELO — Minha mulher está zangada por causa de uma explicação que tivemos, ou por outra, que não tivemos.

LUDGERO — Uma explicação?

ISABEL — A que respeito?

ÂNGELO — A respeito das nossas despesas.

LUDGERO — Já?

ÂNGELO — Pergunta se já? Pois todo o meu mal foi não ter tido essa explicação há mais tempo, e haver deixado para a última hora, tal qual como no Congresso, a discussão do orçamento. É verdade que sempre chamei a atenção de Henriqueta para as suas despesas excessivas e lhe pedi que as restringisse... Foi o mesmo que nada!

LUDGERO — O senhor fala-nos das despesas de Henriqueta, mas essas despesas não foram feitas pelo casal?... não as realizaram marido e mulher — como direi? — de comum acordo?

ÂNGELO — Não, senhor; nesse particular nunca houve perfeito acordo entre Henriqueta e mim. Ela fez sempre grandes gastos sem que eu soubesse ou contra minha vontade.

ISABEL — Que conversa desagradável!

ÂNGELO — Muito desagradável.

LUDGERO — O dote de minha filha não está — como direi? — intacto?

ÂNGELO — Intacto? (*Levantando-se e indo à secretária buscar um maço de contas.*) Aqui estão as contas, devidamente pagas, com os respectivos recibos e as competentes estampilhas, de tudo quanto gastamos depois de casados. (*Dando-lhe um papel separado das contas.*) Esta é a relação dessas contas, com as parcelas somadas.

LUDGERO (*Lendo.*) — Cento e oitenta e quatro contos, novecentos e trinta e cinco mil e oitocentos réis! Cáspite! É uma soma — como direi? — avultada!

ÂNGELO — Não figuram aí, necessariamente, as despesas de cujos pagamentos não se tem recibo. Sua filha entrou para esta casa com cinquenta contos e eu com cento e cinquenta, além de tudo quanto de então para cá rendeu a minha banca de advogado. Pois querem saber? Não temos nem mais vintém senão dívidas! (*Ludgero e Isabel levantam-se como impelidos por uma mola. Ângelo frisa.*) Nem — mais — vintém! (*Pausa.*)

LUDGERO — E que deseja o senhor?... que eu o auxilie?

ÂNGELO — Não, senhor! Não peço nem desejo absolutamente o auxílio de ninguém. Felizmente não estamos insolváveis; apenas suspendemos pagamentos. O nosso ativo é muito mais considerável que o nosso passivo. Temos esta casa livre e desembaraçada, e o que está cá dentro representa algum dinheiro. E quando nada tivéssemos, teríamos meu trabalho. Não sou, graças a Deus, um advogado sem causas.

LUDGERO — Se é uma alusão — como direi? — pessoal, declaro-lhe que, se não advogo, é porque não quero!

ÂNGELO — Não tive a menor intenção de ofendê-lo, mas o doutor que se ofendeu foi porque, com a triste revelação que lhe acabo de fazer, nasceu-lhe imediatamente no espírito certo sentimento de hostilidade contra mim.

ISABEL — Não há motivo para lhe querermos mal.

LUDGERO — Cale-se, minha mulher! O belo sexo não tem voz ativa neste capítulo! São questões — como direi? — transcendentais! — O senhor foi imprevidente.

ÂNGELO — Seria preciso ter estado aqui dentro e assistido às lutas que travei com Henriqueta, para reconhecer que não houve tal imprevidência de minha parte. Leve essas contas consigo... vou pô-las dentro do seu chapéu (*Faz o que diz.*) ...examine-as, e encontrará nelas a minha justificação. Mas eu não o chamei para pedir-lhe conselhos, pelo menos para mim, nem para ouvir recriminações feitas a mim ou à sua filha. O que lá vai, lá vai, e o dinheiro que se gastou era meu e dela. Chamei-o para que tente, com a sua autoridade de pai, conseguir o que não alcancei com minha autoridade de marido, porque esse maldito dote sempre foi o estorvo, a resistência que encontraram todos os meus esforços. Hoje resolvi que a explicação fosse decisiva. Ela ouviu-me, enfureceu-se e fechou-se no quarto!

LUDGERO — Mas... que quer o senhor que eu diga a minha filha?

ISABEL — Ora, Ludgero! Dize-lhe simplesmente que ela é pobre, e precisa mudar de vida, isto é, viver como pobre e não como rica.

ÂNGELO — O mais é gastar palavras.

LUDGERO — Isto vai ser para a pobre pequena um sacrifício — como direi? — cruel!

ÂNGELO — Maior sacrifício é uma vida de expedientes, humilhações e vergonhas. — Aquele cavalheiro correto que saía daqui quando o senhor entrava, não era um cliente: era um agiota.

LUDGERO — Um agiota? Ninguém o dirá.

ÂNGELO — Um agiota *art-nouveau* a quem recorri para um pagamento inadiável de joias e farandulagens!

LUDGERO (*Como tomando subitamente uma resolução.*) Minha mulher, vamos conversar com Henriqueta!

ÂNGELO — Isso! Conversem com ela, façam-na entrar no bom caminho. Mas o melhor é ela vir aqui. Lá dentro há criados bisbilhoteiros. Vou mandar chamá-la, e deixo-os aqui no gabinete à vontade. (*Sai.*)


### Cena V
LUDGERO, ISABEL

(*Ludgero passeia agitado e Isabel senta-se numa cadeira em atitude calma. Longa pausa.*)

LUDGERO — Não nos faltava mais nada!

ISABEL — Isto não me surpreendeu. Eu sempre disse que, na minha opinião, Henriqueta gastava mais do que devia.

LUDGERO — Deixe-o falar, minha mulher! Gastava do seu! Examine as despesas pessoais de nossa filha, e verá que não chegam aos cinquenta contos do dote. Olhe que cinquenta contos é — como direi? — é dinheiro!

ISABEL — Não desejo contrariá-lo, mas não concordo.

Cinquenta contos é dinheiro, é muito dinheiro, não há dúvida, nas mãos de um casal poupado, econômico, sem pretensões de grandezas; mas para quem quer deslumbrar o mundo com seu luxo, cinquenta contos é uma pitada de ouro. Nunca supus que aqueles durassem muito.

LUDGERO — Nosso genro não foi homem! Faltou-lhe um pouco de energia — como direi? — máscula!

ISABEL — Foi delicado. Se procedesse por outra forma, seria um bruto, um violento, um mau marido! Devemos reconhecer, infelizmente, que a maior culpa não cabe à nossa filha, senão a nós, e mais a você que a mim, pela educação que lhe demos...

LUDGERO — Eu já sabia que, no final das contas, deveria ser o culpado de tudo!

ISABEL — Pois se Henriqueta parece-se extraordinariamente com o pai! Você é outro arrota-grandezas! Quer que toda gente nos suponha ricos, e sabe Deus o que por cá vai. Se não fosse isso, os nossos velhos anos seriam muito mais tranquilos... muito mais felizes... (*Erguendo-se.*) Henriqueta aí vem.

LUDGERO — Vamos — como direi? — apurar as responsabilidades. (*Isabel vai ao encontro de Henriqueta, a quem abraça e beija.*)

## Cena VI
LUDGERO, ISABEL, HENRIQUETA

ISABEL — Como tens os olhos vermelhos, minha filha!

LUDGERO — Estavas a chorar?

HENRIQUETA (*Escondendo o rosto no ombro da mãe.*) — Sou uma desgraçada!

ISABEL — Não digas isso! Desgraçado só é quem perdeu a graça de Deus!

LUDGERO — Mas tu estavas pronta para sair. Aonde ias?

HENRIQUETA — À tua casa.

LUDGERO — Vem cá, senta-te aqui, ao lado de teu pai e de tua mãe, e conversaremos. (*Sentam-se. Longa pausa.*) Então como foi isso?

HENRIQUETA — Isso o quê?

LUDGERO — O cobre... — como direi? — fogo viste linguiça[1]?

HENRIQUETA — Que queres tu? Não nasci para ser rica; devo resignar-me à miséria.

ISABEL — À miséria, não, minha filha; não fale assim, que Deus pode castigar-te. Teu marido ganha muito dinheiro. É um advogado feliz.

HENRIQUETA — Ele é feliz; eu não o sou.

ISABEL — Porque não quiseste sê-lo, porque não te conformaste com a tua situação. O resultado não podia deixar de ser este.

HENRIQUETA — Não creio, não posso crer que os meus trapos e as minhas teteias custassem mais que a importância do meu dote.

LUDGERO — Não sei; só sei que vocês gastaram em ano e meio de casados mais de duzentos contos de réis. Estão — como direi? — arruinados.

HENRIQUETA — É impossível que gastássemos tanto dinheiro!

LUDGERO — As contas estão ali dentro do meu chapéu... vou examiná-las em casa.

---

[1] "Fogo viste, linguiça": expressão popular equivalente a "era uma vez" ou "dito e feito". (N. do E.)

HENRIQUETA — Admira-me que tu, com a tua idade, e sendo um homem formado, acredites em contas. (*Ângelo aparece à porta e ouve sem ser visto.*)

## Cena VII
OS MESMOS, ÂNGELO

LUDGERO — Queres tu dizer que aquelas são — como direi? — fantásticas?

ISABEL — Que ideia!

HENRIQUETA — Não tenho provas que me autorizem a duvidar da probidade de meu marido, mas — francamente — não acredito que em tão pouco tempo gastássemos conosco, só conosco, duzentos contos!

LUDGERO — Duzentos... e mais alguns *poses*!

HENRIQUETA — Duzentos contos em quê, não me dirão? A despesa mais considerável que fizemos foi a compra e os preparos desta casa. O mais pouco foi. Não demos bailes, não fomos à Europa, e o luxo, isto que se chama luxo, o verdadeiro luxo, jamais o conheci. Duzentos contos! qual é a família que no Rio de Janeiro gasta tanto dinheiro em tão pouco tempo?

ISABEL — Mas vem cá, minha filha, que necessidade tinha teu marido de forjar dívidas fantásticas? Ele não é nenhum negociante falido.

LUDGERO — Sim, o grande caso é que o dinheiro desapareceu, diz ele, e eu acredito.

HENRIQUETA — Também eu, mas o interesse de meu marido é atribuir a nossa ruína ao que ele chama as minhas loucuras, e ocultar as suas.

LUDGERO — As suas? Pois teu marido praticou loucuras?

HENRIQUETA — É uma coisa que está a entrar pelos olhos!

LUDGERO — Ele joga?

HENRIQUETA — Não é de jogo que se trata, mas de mulheres.

ISABEL — Tira daí o pensamento, minha filha! És injusta para com teu marido e para contigo mesma.

LUDGERO (*Abalado*.) — Deixe-a falar, minha mulher!

HENRIQUETA — Mamãe disse-me sempre que meus ciúmes eram infundados, mas eu bem percebia que Ângelo me enganava.

LUDGERO — Ele tinha uma amante?

HENRIQUETA — Uma ou mais de uma! Sei lá!...

LUDGERO — Mas quem é ela?

HENRIQUETA — Como queres tu que eu saiba? Ele nunca mo disse! Mas há coisas que uma esposa, e principalmente uma esposa que ama, como eu o amava, adivinha sem precisar ver nem ouvir nada!

ISABEL — Isso é doença!

HENRIQUETA — Logo depois de casada, comecei a desconfiar das suas longas ausências... das horas e horas passadas à noite fora de casa, em misteriosos lugares, de onde voltava fatigado e sonolento. Para tudo arranjava desculpa. Era uma sessão no Instituto dos Advogados... era uma conferência com tal ministro... era uma visita ao juiz que estudava uns autos... era isto, era aquilo, mas o que era sei eu! Esse homem abusou cruelmente da minha ingenuidade, e agora quer fazer de mim a única responsável pela situação em que nos achamos!

LUDGERO — Que diz você a isto, minha mulher?

ISABEL — Digo que nossa filha está doida. Se ele voltava para casa fatigado e sonolento, era por ter trabalhado muito. Ângelo é um trabalhador.

LUDGERO — Pois olhe, eu dou razão a Henriqueta. Ela expôs a situação com muito critério, e com uma lucidez — como direi? — esmagadora!

ISABEL — Cale-se, homem de Deus! O que você está fazendo é horrível! Não foi para isso que viemos a esta casa! Pois em vez de tirar estas fantasias mórbidas do cérebro de sua filha, você concorda em que julgue tão mal o marido? Raciocinemos um pouco. Ângelo gostava muito de Henriqueta. Sem isso não se teria casado. Não o fez certamente atraído pelo grande dote de cinquenta contos, pois não lhe faltavam noivas mais ricas, se ele as quisesse. Não foi o teu dote, minha filha, mas os teus dotes que o seduziram. Como se pode acreditar que um homem, logo depois de casado nessas condições, comece a enganar a mulher? Isso não entra na cabeça de ninguém! E demais, se Ângelo foi tão econômico em solteiro, não é crível que só depois de casado desse em perdulário.

LUDGERO — Ora, minha mulher, você não conhece os homens.

ISABEL — Nem você as mulheres, que são mais enigmáticas.

LUDGERO — Já lhe disse que o meu desejo era apurar as responsabilidades. Que razão tem você para meter a mão no fogo pelo nosso genro? Pois saiba que em solteiro foi um terrível, um conquistador, e depois de casado... não sei, mas não se livra da fama de ter tido um — como direi? — um idílio com a Dobson, e os idílios com a Dobson não custam menos de trinta contos.

ISABEL — Isso é uma calúnia miserável! Se teu marido te enganasse, minha filha, não seria com a Dobson, uma desgraçada mãe de família que é de quem a queira e possa gastar algumas centenas de mil-réis. Isso de trinta contos é uma história. A Dobson é muito mais módica.

LUDGERO — Pois se não foi a Dobson, foi outra, ou foram outras, mas não há dúvida que andaram nisto mulheres.

HENRIQUETA — Ainda bem que papai me dá razão. Ele sabe da vida mais que tu, mamãe, que és boa e julgas a todos por ti. Se eu já não estivesse convencida das infidelidades de Ângelo, bastariam as palavras de papai para me abrir os olhos.

ISABEL — Pois pode papai limpar a mão à parede: fê-la bonita!

HENRIQUETA — Mas não! não era preciso outro aviso senão do meu próprio amor. Mulher nenhuma poderia ocupar em segredo o meu lugar no coração daquele homem.

LUDGERO — Querer arrancar do espírito de Henriqueta a convicção em que ela está, convicção que é também minha, é supô--la — como direi? — uma estúpida! (*Erguendo-se*.) Nossa filha está sob o peso de uma acusação tremenda, a de ter arruinado um homem como uma reles cocote! É preciso que se saiba que esse homem... (*Voltando naturalmente o rosto, vê Ângelo e fica embaraçado*.) Ah! estava aí?... (*Isabel e Henriqueta levantam-se*.)

ÂNGELO — Ouvi tudo sem querer. Vejo que meu processo está feito e a minha sentença lavrada. Não lhe ponho embargos. Curvo a cabeça. Dom Juan desce aos infernos!

ISABEL — Desculpe-os, Ângelo!... Minha filha está fora de si... meu marido endoideceu!... O senhor está muito acima de tais insinuações!...

ÂNGELO — Peço à minha advogada que não continue a defender um réu confesso. Tudo quanto aqui se deu é a pura verdade. Tenho tido muitas amantes depois de casado... não a Dobson, que só conheço de vista, mas outras muitas, muitíssimas. Para pagar os beijos dessas mulheres, esbanjei o melhor do meu patrimônio, inventei despesas fantásticas. Sou um vicioso, e o vício é caro, muito caro, custa contos e contos de réis. O amor é baratinho, mas não bastava aos meus instintos de sátiro. Ainda agora o senhor dizia que é o único marido fiel do Rio de Janeiro, e eu sabia que meu sogro era, realmente, uma *avis rara*, o homem virtuoso e puro por excelência; quis imitá-lo mas a minha educação, o meu caráter, o meu temperamento, os meus hábitos, a minha debilidade moral não permitiram que na mesma família figurassem dois fenômenos iguais. (*Pausa. Ninguém responde. Henriqueta parece uma estátua*.)

Agora, só nos resta tratar do divórcio, (*Henriqueta estremece.*) e quanto antes, para que na sua família não permaneça por mais tempo um celerado da minha espécie.

ISABEL — Fala em divórcio! Meu Deus! Enlouqueceram todos!...

LUDGERO (*A Ângelo.*) — Em vez de prostrar-se, humilhado aos pés de sua esposa, pedindo-lhe perdão de a ter acusado de faltas cuja responsabilidade moral deveria ser — como direi? — recíproca, o senhor procura, com um pouco de ironia fácil, destruir o mau conceito em que poderá ser tido como cabeça do casal: mas nem minha filha nem eu nos deixamos levar por esse artifício, e, uma vez que o senhor falou em divórcio, fique sabendo que Henriqueta não quer outra coisa!

ISABEL — Ludgero, veja o que estás dizendo!...

ÂNGELO (*Aproximando-se de Henriqueta.*) — Isso é verdade?... Quer separar-se de mim? (*Henriqueta não tem um gesto.*) Responda!

HENRIQUETA (*Sem olhar para ele.*) — Assim é preciso.

ÂNGELO — Por quê?

HENRIQUETA (*Idem.*) — Porque estamos incompatibilizados um com o outro. Daqui por diante a nossa vida seria um inferno.

ÂNGELO — Diga antes que não lhe sorri a ideia de viver modestamente, e receia o motejo da sociedade que assistir satisfeita ao leilão das nossas carruagens e tripudiar sobre os destroços do nosso luxo ridículo! É ainda a sua vaidade que fala... O amor, esse desapareceu com o último níquel! (*Henriqueta estremece.*)

LUDGERO — O senhor insulta a minha filha!...

ÂNGELO — Sua filha... Sim, é bem sua filha, mas é minha mulher, e os meus direitos sobre ela são tão sagrados, que o senhor não poderia intervir neste conflito doméstico, se não fosse a minha indesculpável patetice de supor que, não o seu critério de homem, mas o seu amor de pai, poderia influir para uma conciliação que era todo o meu desejo.

HENRIQUETA — Não minta! Todo seu desejo era ver-se livre de mim!

ISABEL — Henriqueta, cala-te.

HENRIQUETA — Não! não me calo! Não quero continuar a ser uma vítima resignada e tola!... Uma conciliação!... Tem graça!... Pois não é que ele supõe que ainda o amo... que ainda o posso amar?... (*Rindo-se.*) Ah! ah! ah! Como se fosse possível amá-lo depois do que ele me fez... e depois do que lhe acabo de ouvir! Não, não, mamãe! eu já o não amo!... Eu... odeio! (*Ri, mas o riso transforma-se em pranto e ela cai nos braços de Isabel, desfeita em lágrimas.*)

LUDGERO — Aqui tem sua obra!... O senhor é capaz de matá-la!... Oh! mas, se assim for, saberei — como direi? — vingá-la!... Vamos, Henriqueta! Vem para casa de teu pai!... (*Rodrigo aparece à porta do fundo e ouve sem ser visto.*)

## Cena VIII
OS MESMOS, RODRIGO

ÂNGELO — Isso!... Leve-a, leve-a consigo, e que eu nunca mais lhe ponha a vista em cima! Mandar-lhe-ei hoje mesmo as joias, as toaletes, e o dote, esse desgraçado dote, que foi a causa de toda a nossa desgraça!

LUDGERO (*Rindo.*) — Acredito que o senhor lhe mande as joias e as toaletes; mas o dote...

RODRIGO (*Aproximando-se de Ludgero e estendendo-lhe um maço de notas do Banco.*) — O dote pode o senhor levá-lo já. Cá está ele em cem notas de quinhentos mil-réis cada uma. É bom conferir. (*Ludgero, atônito, recebe maquinalmente o maço de notas. A Ângelo.*) Eu já contava com isso... O dinheiro estava de prontidão.

LUDGERO (*Perplexo*.) — Mas...

RODRIGO — O senhor está perplexo; entretanto, não há nada mais — como direi? — mais natural. Seria desairoso para o meu amigo que D. Henriqueta saísse desta casa sem levar o seu dote.

LUDGERO — Quer um recibo?

RODRIGO (*Rindo*.) — Mandá-lo-á quando receber o resto.

ISABEL — Ludgero, não tem feito senão asneiras! Restitua esse dinheiro!

LUDGERO — Minha mulher, você não se meta onde não é chamada! Vamos embora!...

ISABEL — Não! Isto não pode ficar assim!

LUDGERO — Ande para a frente com sua filha! Vamos! (*Vai buscar o chapéu e põe as contas debaixo do braço. Henriqueta e Isabel encaminham-se para a porta. Ao sair, Henriqueta volta-se para Ângelo. O pai empurra-a para a porta. Ângelo dá um passo para ela; Rodrigo toma-o pelo braço, impedindo-o de prosseguir. Saem Ludgero, Isabel e Henriqueta.*)

## Cena IX
RODRIGO, ÂNGELO

(*Rodrigo vai até a porta verificar se naturalmente eles se foram. Ângelo cai abatido numa cadeira, escondendo o rosto nas mãos.*)

RODRIGO (*Voltando, alegre*.) — Ora muito bem! Já se respira nesta casa!... Agora é tratar de liquidar tudo isto, pôr a vida em ordem e começar de novo!... (*Vendo Ângelo abatido*.) Então, que é isso? Coragem! Levanta-te! Vamos fazer um inventário das toaletes e das joias e mandar-lhes tudo! Amanhã mesmo trataremos do leilão. Tu irás morar comigo em Santa Teresa. Lá está ainda o teu quarto. (*Ângelo começa a chorar convulsivamente*.) Ângelo! meu irmão! que quer isto dizer?...

ÂNGELO — Isto quer dizer que a amo... que a amo mais do que nunca!

(*Cai o pano.*)

# Ato Terceiro

*Terraço em casa de Rodrigo, em Santa Teresa, com uma balaustrada ao fundo, e o panorama da cidade. Porta à direita. Trepadeira à esquerda. Cadeiras de jardim. É ao cair da tarde. Ainda é dia claro, mas durante o ato anoitece pouco a pouco, e a cidade ilumina-se.*

## Cena I
ÂNGELO, PAI JOÃO

(*Ao levantar o pano, Ângelo, estirado numa preguiceira ao fundo, junto da balaustrada. Pai João de pé, junto dele, contempla-o com carinho.*)

PAI JOÃO — *Nôte z'tá flesca*. Se *siô* moço *doutló* pudesse *dlomi* um bocadinho, *ela* bem bom.

ÂNGELO — Dormir... quem me dera!...

PAI JOÃO — *Cando sió* moço *doudlô ela cliança*, Pai *Zoão* cantava, e *siô* moço *doutlô dlomia* logo.

ÂNGELO — Ainda te lembras das cantigas com que me adormecias?

PAI JOÃO — *Non* sabe... Naquele tempo Pai *Zoão* podia *cantá*... inda *ela zente... depose* ficou *ton velo... ton velo...* que *non* tem *mase voze...* Mas se *siô* moço *doutlô* tivesse *filinho*, Pai Zoão *reclodava* toda *zi cantiga... pala adlomecê filinho* de *siô* moço *doutlô...*

ÂNGELO — Experimenta, Pai João... vê se te recordas... Faze de conta que ainda sou pequenino... Parece-me que, se cantasses, eu adormeceria, como outrora.

PAI JOÃO — *Dêssa vlê.* (*Recordando-se.*) Um... um... um... *Tá* bom, Pai *Zoão* vai *cantá* cantiga de *pleto*-mina.

ÂNGELO — Canta.

PAI JOÃO (*Cantando.*) —

> *Pleto*-mina quando *zeme*
> No *zemido* ninguém *clê*
> Os *palente* vai dizendo
> Que não tem do que *zemê*.
>
> *Pleto*-mina quando *çola*
> Ninguém sabe *ploque* é
> Os *palente* vai dizendo
> Que *cicote* é que ele *qué*!
>
> *Pleto*-mina quando *mole*
> E começa *aplodecê*,
> Os *palente* vai dizendo
> Que *ulubu* tem que *comê*.

## Cena II
OS MESMOS, RODRIGO

RODRIGO (*Entrando.*) — Canta-se, Pai João?

PAI JOÃO (*Vivamente, impondo-lhe silêncio.*) — Psiu!... *Tá dlumindo*... Passou essa *z'nôte turo* em *clalo*... pegou no sono *agolinha memo... Zá viu?* Cantiga de *cativelo semple sleve p'laguma côsa. Péla* aí. (*Sai.*)

RODRIGO — Pobre Ângelo! (*Pai João volta com uma colcha, com que cobre carinhosamente as pernas de Ângelo*.) Com que então, a sua música faz dormir, hein, Pai João? Não é um elogio para ela... É verdade que o mesmo acontece a muitas composições de autores célebres.

PAI JOÃO (*Descendo.*) — *Siô* moço *doutlô tá passonado* pela *siá Henlicleta... non* pode *vivlê* sem ela!...

RODRIGO — Qual não pode! Isso passa!

PAI JOÃO — *Non* passa, *non*. *Felida* de *mulé* não *sala*.

RODRIGO — As únicas feridas que não saram são as da honra. Ele vivia num inferno... não digo que viva agora num céu aberto, mas está melhor assim.

PAI JOÃO — Vivia, mas *agola non* vive *mase*, que isto *z'non* é vida. E *dêssa* lá, *siô doutlô Lodligo, siá Henlicleta* é *munto* boa... se *non* tem *zuízo*, culpa *non* é dela, *mase* de pai dela, que non *z'educou* ela *delêto*.

RODRIGO — Pois sim. Mas uma senhora sem juízo não pode fazer feliz um homem de bom senso. O divórcio amigável foi requerido há trinta dias. Divórcio amigável... aí estão duas palavras que nunca esperei ver juntas. O pretor recebeu o requerimento, e deu às partes vinte dias para refletirem.

PAI JOÃO — Tenho pena que *non* se *alanze turo* sem *sepalá pala semple duase cleatula* que *palecia memo fetinha pala* se *quelê* bem.

RODRIGO — Deixe-se vossemecê de pieguices. O seu senhor moço doutor já não deve nada a ninguém... Com o produto da casa e dos móveis, vendidos particularmente a um ricaço providencial que os namorava, pagou os cinquenta contos que entreguei ao sogro, e mais trinta e tantos que devia. Ficou com as mãos a abanar, é verdade, mas tem a sua profissão, que é rendosa. Pode muito bem viver sem mulher que o mortifique. Sofre de insônias? anda macambúzio? não se alimenta? Tudo isso passa, Pai João. Vá vossemecê com o que lhe digo!

PAI JOÃO — *Non* passa, *non, siô doutlô Lodligo* há de *vlê*. (*Toque de campainha*.) Quem *selá*? (*Sai. Rodrigo aproxima-se de Ângelo e contempla-o. Pai João volta*.) É uma senhora *cobleta* com véu... *Pleguntou plo siô* moço *doutlô*... eu disse que ele *tava dlomindo* e eu *non aclodava* ele... então *pleguntou plo... Ola!* Ela *tá* aí! (*Entra Isabel, coberta com uma mantilha*.)

## Cena III
ÂNGELO, *dormindo*, PAI JOÃO, RODRIGO, ISABEL

RODRIGO (*Indo ao encontro de Isabel, sem a reconhecer*.) — O Dr. Ângelo está dormindo, minha senhora. Como tem passado noites e dias em claro, e aquele sono é um benefício, não convém despertá-lo, seja sob que pretexto for. Quem é a senhora?... que deseja?... (*Isabel descobre-se*.) Oh! Vossa Excelência aqui!

ISABEL — Sim, sou eu.

RODRIGO (*Oferecendo-lhe uma cadeira em que ela se senta*.) — Mas como?...

ISABEL (*Adivinhando a pergunta e atalhando-a*.) — Estamos aqui perto, no hotel da Vista Alegre, minha filha, meu marido e eu. Soube hoje, por acaso, que meu genro... Ainda posso chamar-lhe meu genro?

RODRIGO — Sem dúvida.

ISABEL — Soube que ele estava aqui. Vim vê-lo. Preciso falar-lhe.

RODRIGO — A que respeito, minha senhora? Perdoe a minha indiscrição, mas... sabe que sou o maior amigo de Ângelo.

ISABEL — Se é o seu maior amigo, ajude-me a salvar minha filha.

RODRIGO — Como assim, minha senhora?

ISABEL — Arrependida de tudo quanto praticou, Henriqueta não pode suportar a separação que aceitou com tanta leviandade. Parece-me gravemente enferma. O médico aconselhou-nos que a trouxéssemos para Santa Teresa, onde estamos desde ontem. Mas não é de mudança de ares que ela precisa, senão do marido de quem se separou sem motivo.

RODRIGO — Sem motivo não, minha senhora. Desde que num casal os gênios não se liguem, as vontades não se combinem, as opiniões divirjam, a mulher veja e sinta as coisas de um modo, e o marido de outro, motivo há, e mais que suficiente, para uma separação.

ISABEL — Não me diga isso! Eu tenho vivido em paz com meu marido durante vinte e três anos, e jamais concordei com ele. O que fiz, para chegar a esse resultado, foi submeter-me, embora muitas vezes protestando, a tudo quanto ele dizia e fazia. Ainda nesta questão, em que minha filha foi estupidamente sacrificada por seu próprio pai, ele açulava o escândalo, ao passo que eu daria a vida para evitá-lo.

RODRIGO — Daria a vida para evitá-lo, mas conformou-se, obedeceu, submeteu-se. É o mesmo que sucederia a D. Henriqueta, se voltasse para a companhia de Ângelo. Ou se submetia ou, de novo, se separava. Em ambos os casos é melhor que as coisas fiquem no pé em que se acham. Foi uma solução, e, depois de uma solução, nada mais há que fazer.

ISABEL — Que interesse tem o doutor em que esse casal esteja separado?

RODRIGO — O mesmo interesse que teria em vê-lo cada vez mais unido se fosse um casal feliz. É o interesse do amigo... do amigo íntimo.

ISABEL — Mas o amigo íntimo não é para isso que serve.

RODRIGO — Bem sei que muitas vezes só serve para ser o amante da mulher do outro; mas eu não pertenço, felizmente, a semelhante espécie de amigos íntimos. A amizade para mim é um fetichismo.

ISABEL — Dir-se-ia que o doutor tem ciúmes do seu amigo...

RODRIGO — Ciúmes? Quem sabe? Conheço-o desde pequeno. É um rapaz talentoso, bem preparado, de muito futuro, que eu não quisera ver perdido.

ISABEL — Perdido por quê?

RODRIGO — Pois imagina Vossa Excelência que um homem possa trabalhar e prosperar vivendo em luta aberta com seu orçamento, sacrificado a essa funesta mania de aparentar recursos que não existem, obrigado a pregar calotes, a viver do dinheiro alheio? Ângelo e Henriqueta só poderiam ser felizes se tivessem um bebê, mas foram tantos os bailes, as recepções, os espetáculos, etc... que pelos modos não tiveram tempo de tratar disso.

ISABEL (*Enxugando os olhos.*) — Minha pobre filha!

RODRIGO — Mas que tem ela?... qual é a sua enfermidade?...

ISABEL — Não sei. O médico não nos quer assustar, mas o meu coração de mãe adivinha que ela está muito doente. Tem constantes delíquios... perde os sentidos... delira, pronunciando sempre o nome do marido...

RODRIGO (*Como se falasse consigo.*) — Delíquios... Quem sabe?... Oh! se assim fosse... (*Erguendo-se como quem toma uma resolução súbita.*) Vossa Excelência permite que eu vá examiná-la? Também eu sou médico, embora o não pareça.

ISABEL — Pois não.

RODRIGO — Então vamos.

ISABEL — E... e ele? (*Aponta para Ângelo.*)

RODRIGO — Deixemo-lo entregue àquele sono reparador.

ISABEL — Não é o senhor o médico que eu vinha buscar.

RODRIGO — O outro não atende a chamados neste momento. Mas diga-me: por que foi Vossa Excelência que veio a esta casa, e não seu marido, a quem competia melhor semelhante diligência?

ISABEL — Não me fale em meu marido! Está incapaz de tomar uma resolução! Já era um pobre de espírito... Depois daquele dia fatal, em que com tanta inconsciência recebeu os cinquenta contos das suas mãos, perdeu a cabeça!

RODRIGO — Não vale a pena pôr um anúncio... não se perdeu grande coisa.

ISABEL — O exame das contas demonstrou claramente que Ângelo não dissera senão a verdade... A maior parte do dinheiro foi empregado no que ele chamava os alfinetes da filha... E qual não foi a nossa surpresa e a nossa vergonha, encontrando entre aqueles documentos uma apólice de seguro de vida, feito por ele em favor de Henriqueta! Um seguro de cinquenta contos!

RODRIGO — Justamente a importância do dote...

ISABEL — Ainda agora, quando soubemos que Ângelo estava aqui, a dois passos do hotel, pedi a meu marido que viesse... Ele hesitou... e então eu, desesperada, pus esta mantilha e saí, convencida de que vinha buscar a vida de minha filha.

RODRIGO — Em vez de lhe levar o marido, Vossa Excelência leva-lhe um médico. No estado em que se acha, é talvez mais prático. Amanhã conversaremos. Por enquanto, é preciso saber ao certo o que ela tem. Vamos!

ISABEL (*Com um suspiro.*) — Vamos!

RODRIGO (*Ao Pai João.*) — Eu volto já. (*Saem Rodrigo e Isabel.*)

## Cena IV
ÂNGELO, PAI JOÃO

ÂNGELO (*Despertando.*) — Pai João, a tua cantiga fez-me dormir... como outrora.

PAI JOÃO — Mas se *siô* moço *doutlô dlomiu* pouco. Pai *Zoão* canta *otla veze*...

ÂNGELO — Não! não é preciso! Vou para o meu quarto. (*Vai erguendo-se, e repara na colcha que lhe envolve as pernas.*) Quem me cobriu com esta colcha? Tu?

PAI JOÃO — Quem *havela* de *sê*?

ÂNGELO (*De pé.*) — Como és bom! Que santa velhice a tua! Que alma branca, tão alva como os teus cabelos, se esconde na negridão do teu corpo! Ficou em ti, sinto-o no coração, alguma coisa de minha mãe, que viste nascer e morrer. (*Outro tom.*) Não achas que estou poeta, Pai João?

PAI JOÃO — *Asso, si, siô*. Foi *ploquê siô* moço *doutlô dlomiu*... É tão bom *dlomi*!

ÂNGELO — Não; é porque a noite está belíssima... Como é bonita e como é grande a minha terra! (*Aproximando-se da balaustrada.*) Vê, Pai João! a cidade lá embaixo parece dormir tranquila entre estas montanhas... e, no entanto, quanta luta, quanta paixão, quanto sofrimento por baixo daqueles telhados mudos!

PAI JOÃO — Há de *turo*, *siô* moço *doutlô*... *Unse çola*, *otlo z'li*... *Unse bliga*, *otlo z'quele* bem... Há de *turo*.

ÂNGELO — Uns brigam, outros se querem bem... É verdade, Pai João... mas os que se querem bem acabarão brigando, e os que brigam brigarão sempre.

PAI JOÃO — *Semple non*, *siô* moço *doutlô*. Nosso *Senhô* tá lá no céu *viziando*, e quando ele *qué*, *bliga turo* acaba!

ÂNGELO — Tu és otimista.

PAI JOÃO — Pai *Zoão* é quê, *siô* moço *doutlô*?

ÂNGELO — Otimista! Vês tudo pelo melhor. (*Descendo*.) Rodrigo está em casa?

PAI JOÃO — *Non*, *siô*; saiu.

ÂNGELO — Saiu? Admira! Nunca sai à noite.

PAI JOÃO — Saiu com... Pai *Zoão non* sabe se deve *dizê*.

ÂNGELO — Com quem?

PAI JOÃO — Com *siá* D. *Isabé*.

ÂNGELO — Com minha sogra?

PAI JOÃO — *Si*, *siô*.

ÂNGELO — Sonhaste?

PAI JOÃO — *Non sonou*, non, *siô* moço *doutlô*. Siá D. *Isabé z'teve* aqui.

ÂNGELO — Aqui!

PAI JOÃO — *Teve*, *si*, *siô*... vinha *falá* com *siô* moço *doutlô*... mas *siô doutlô Lodligo non quise clodá siô* moço *doutlô*.

ÂNGELO — Que veio ela cá fazer?

PAI JOÃO — *Non sê. Ele'zi falam bassinho pala siô* moço *doutlô non clodá*... e Pai *Zoão* que *z'tava* ao pé de *siô* moço *doutlô non* ouviu nada. *Palecia* que ela disse que *siá Henlicleta z'tava* doente, e *anton siô* moço *doutlô* foi *vlê siá Henlicleta*.

ÂNGELO — Doente? Ela está doente! Doente de quê?

PAI JOÃO — Pai *Zoão non* sabe, *mase* desconfia que é da *mêma* doença de *siô* moço *doutlô*.

ÂNGELO — Meu Deus! Como poderei saber!

PAI JOÃO — *Non* fica *flito*; *siô doutlô Lodligo* quando saiu *z'disse* que *vlotava zá*.

ÂNGELO — Já? Mas como poderá voltar já, se ela mora tão longe? (*Caindo numa cadeira*.) Doente! doente!...

PAI JOÃO — Sossega, *siô* moço *doutlô*, sossega... *Dêça siô doutlô Lodligo vlotá*!...

ÂNGELO — Doente!... E eu longe dela!... Separado dela!... (*Erguendo-se*.) Não! decididamente não resisto!... É um suplício terrível!... é uma provação muito superior às minhas forças! Não posso viver sem ela!... É minha mulher, pertence-me... Rodrigo que vá para o diabo com suas ideias de independência e liberdade! Quero ser desgraçado... trabalhar noite e dia sem descanso para sustentar o seu luxo... endividar-me... pregar calotes... sofrer penhoras e vergonhas, mas quero viver com ela!... É preciso que Rodrigo, ao voltar, encontre aqui, formidável, impetuosa, esta revolta do meu amor! Não quero que ele continue a dominar-me! Não sou nenhuma criança! Ela doente, doente e não posso voar para o seu lado! (*Senta-se a soluçar*.)

PAI JOÃO — Sossega... sossega...

ÂNGELO — Cala-te, Pai João, tu não sabes o que é isto! Amaste muito, mas nunca amaste uma mulher que te arrancassem dos braços.

PAI JOÃO — Pai *Zoão* teve sua *placela*... e *quise munto* bem a ela. *Siá Henlicleta tá* aí, *tá* viva... a *placela* de Pai *Zoão moleu... moleu* na senzala... no *blaço* de Pai *Zoão*... Pai *Zoão çolou munto... mase non pledeu zuízo*... Sossega, *siô* moço *doutlô*, sossega!

ÂNGELO — Como queres tu que eu sossegue? Se ela tivesse

morrido, como a tua parceira, eu consolar-me-ia, talvez, com mais facilidade do que sabendo-a viva e separada de mim, sem que para isso houvesse um motivo de honra! (*Chorando.*) Oh! Henriqueta! Henriqueta!...

## Cena V
OS MESMOS, RODRIGO

RODRIGO — Ângelo! Ângelo!

ÂNGELO — Ah! és tu? Onde foste? Viste-a? Falaste-lhe? Como está ela? Dize-me, dize-me tudo!

RODRIGO — Venho trazer-te uma bela notícia: tua mulher vem aí!

ÂNGELO — Ah!

RODRIGO — Eu vim na frente para preparar-te. É o que estou fazendo! Pronto! Estás preparado! (*Ângelo, sem responder, sorri e abraça-o.*) Vais cair das nuvens: fui o primeiro a promover esta reconciliação. As coisas mudaram inteiramente de face...

ÂNGELO — Mas Henriqueta onde estava?

RODRIGO — Ali no Vista Alegre... com os pais... D. Isabel veio cá e disse-me que ela estava doente... fui vê-la.

ÂNGELO — E então? o seu estado é grave?

RODRIGO — Grave, não: interessante.

ÂNGELO — Interess?...(*Compreendendo.*) Deveras? Ela está?

RODRIGO — Está, sim! Não vês a minha alegria? Agora, que vocês vão ter um filho, conto que serão felizes!

PAI JOÃO — Um *filo*... Pai *Zoão* vai *vlê nascê mase* um!

ÂNGELO — Mas onde está ela? (*Dá um passo para sair*.)

RODRIGO (*Embargando-lhe a passagem*.) — Não é preciso. Os pais vêm trazê-la. Olha! eles aí estão! (*Falando para dentro*.) Façam favor! Venham cá para o terraço. (*Entram Isabel e Ludgero, este ressabiado*.)

## Cena VI
ÂNGELO, PAI JOÃO, RODRIGO,
LUDGERO, ISABEL

LUDGERO — Meu genro, minha mulher e eu viemos — como direi? — restituir Henriqueta ao seu marido. Pedimos-lhe que a aceite. Fui muito injusto com o senhor, mas espero que me perdoe, lançando sobre o que se passou o véu do esquecimento. Aqui tem minha mão.

ÂNGELO — Aperto-lha de bom grado.

ISABEL — Ângelo! (*Estende-lhe a mão*.)

ÂNGELO — Minha boa advogada! (*Beija-lhe a mão*.)

LUDGERO — As contas que o senhor me deu a examinar são uma prova — como direi? — concludente da sua lealdade.

ÂNGELO — Espero que, de hoje em diante, meu sogro me tenha em melhor conta, e acredite que no Rio de Janeiro não é ele o único marido fiel à sua esposa.

LUDGERO — Somos nós dois. Duvido que haja mais algum.

ISABEL — Restituir-lhe-emos amanhã o dote de Henriqueta.

RODRIGO — Isso não! Ângelo só continuará a ser seu marido sob condição de ela não trazer o dote.

ÂNGELO — Naturalmente.

ISABEL — Mas nós não podemos consentir...

LUDGERO — Aí vem você, minha mulher! Ele não quer! Deixá-lo!

RODRIGO — O dote dá-lo-ei ao meu afilhadinho, daqui a cinco meses, no dia em que ele nascer.

PAI JOÃO — Pai *Zoão* vai *reclodá todase sua z'cantiga*!

ÂNGELO — Mas... Henriqueta? É Henriqueta que eu quero!

ISABEL — Agora podemos chamá-la.

RODRIGO — Não! Retiremo-nos todos... e mandemo-la cá para o terraço. Não perturbemos com a nossa presença a renovação de um noivado... Vejam!... o luar, o formoso luar de Santa Teresa parece que esperava a deixa! — Vamos! (*Saem Ludgero e Isabel.*) Vossemecê também, Pai João! (*Sai Pai João. Rodrigo sai por último. Ângelo fica ansioso, ao fundo, com os olhos fitos na porta. Henriqueta aparece no limiar da porta, envolvida num xale. Procura Ângelo com os olhos, e, vendo-o, corre para ele, e lança-se-lhe nos braços. Cai-lhe o xale, deixando ver o seu vestido branco. Ficam ambos muito tempo abraçados.*)

## Cena VII
ÂNGELO *e* HENRIQUETA

ÂNGELO — Nunca mais, Henriqueta!... Sim?...

HENRIQUETA — Nunca mais!

ÂNGELO — Amemo-nos... e seremos felizes...

HENRIQUETA — Sim, vou ser feliz... muito feliz...

ÂNGELO — Mesmo pobre?

HENRIQUETA — Não! Rica... riquíssima... porque tenho o

teu amor... e hei de ter o amor do nosso filho. (*Abraçam-se de novo, formando um grupo iluminado pelo luar.*)

A VOZ DE PAI JOÃO (*Ao longe.*) — *Pleto*-mina quando *zeme*, etc.

(*Cai o pano. Lentamente.*)

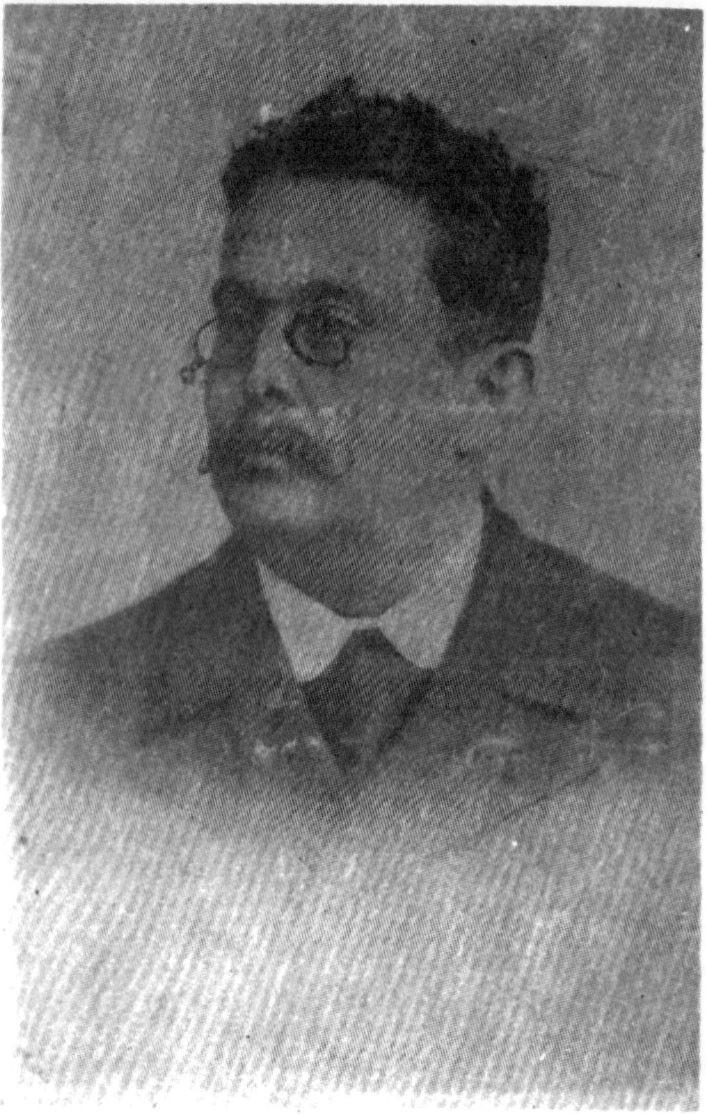

DADOS BIOGRÁFICOS

# Artur Azevedo

**JEAN PIERRE CHAUVIN**[1]

A crítica reconhece Artur Nabantino Gonçalves de Azevedo (MA, 1855 — RJ, 1908) como um de nossos maiores comediógrafos — sorte de herdeiro e continuador da tradição dramática iniciada, no Brasil, por Martins Pena e Joaquim Manuel de Macedo, em meados do século XIX. Contista igualmente notável, mas nem sempre percebido como tal em sua época, somente nas últimas décadas este irmão mais novo do célebre romancista, o naturalista Aluísio Azevedo (1857-1913), tem recebido o devido mérito como poeta, prosador, cronista e tradutor.

Em 1871, publicou *Carapuças*, livro de sonetos satíricos dirigidos a políticos locais, os quais, em represália, o destituíram de suas funções na administração provincial do Maranhão. Aproxima-

---

[1] Doutor em Teoria Literária e Literatura Comparada pela USP. Autor de *O Alienista: a teoria dos contrastes em Machado de Assis*. São Paulo: Reis Editorial, 2005.

damente na mesma época, sua produção como contista — iniciada na adolescência — caminhava paralelamente ao conjunto de atividades relacionadas ao teatro.

Notam-se em seus contos — a absoluta maioria constituída de relatos cômicos e irônicos, bastante breves quanto à extensão —, traços comuns à sua produção teatral: agilidade e graça, no conteúdo; na forma, enredo bem tramado e surpreendente. É à sátira social que se liga a verve cômica e humorística de Azevedo, sentida sobretudo nesse gênero por suas características de objetividade e agilidade.

Somente em 1889, como se tratasse de uma comemoração da abolição da escravatura — causa na qual se engajou ativamente — Artur Azevedo organizou e publicou o seu primeiro livro de narrativas curtas, *Contos possíveis*, dedicando-o a Machado de Assis. A coletânea espelhava algo recorrente no conjunto posterior de sua obra: um vasto painel carioca, com retratos caricaturais desenhados em linguagem direta. Corajosa inovação para os padrões estilísticos do período.

Atualmente muito comentada e valorizada, a obra de Artur Azevedo não foi tão bem recebida, desde sempre, pela crítica especializada. Poucos estudiosos se dispuseram a combater seu preconceito em relação ao estilo do escritor, que empregava intencionalmente elementos populares em suas narrativas, extraindo daí matéria-prima para a face cômica de suas peças e contos. A clara compreensão de Azevedo das limitações culturais de nossa sociedade explicam sua dupla preocupação: criar e escrever de modo simples; traduzir peças e operetas francesas, tendo em vista adaptar os textos estrangeiros ao gosto e mentalidade de nosso público em formação.

Polígrafo como alguns de nossos melhores escritores românticos e realistas — José de Alencar, Manuel Antônio de Almeida e Machado de Assis, entre outros —, Artur Azevedo conciliou ocupações regulares (magistério, funcionalismo e redação em jornais) com a produção artística, até o ano de sua morte. No entanto, diferentemente daqueles escritores, em particular de Machado, sua prosa não requeria um leitor de entrelinhas. Sua narrativa caracteriza-se por descrições sucintas, vocabulário simples e frases curtas, favorecendo o foco na ação em lugar da especulação.

Notavelmente extensa, sua obra consiste em mais de quatro mil crônicas de teor crítico sobre teatro, artes em geral e assuntos

Artur Azevedo, sentado ao lado do irmão Américo Azevedo, Rio de Janeiro, 1875.

Artur Azevedo fotografado por Pacheco Menezes, Rio de Janeiro, por volta de 1877.

Caricatura de Artur Azevedo, autoria de Julião Machado, *O Mercúrio*, 29 de agosto de 1898.

Caricatura de Artur Azevedo, autoria de Gil, *A Avenida*, 19 de março de 1904.

ligados à então capital brasileira, Rio de Janeiro; cerca de duzentas peças teatrais de sátira aos costumes; e mais de uma centena de contos breves. Além disso, este escritor colaborou intensamente em pelo menos quarenta e cinco revistas teatrais, promovendo novos autores, inclusive.

Artur Azevedo não ignorava o fato de que provocava certa polêmica entre os leitores cariocas. Ao final da vida, em 1906, após anos de dedicação ao *Correio da Manhã*, seria dispensado pela direção do jornal sem qualquer aviso prévio, em razão da pressão dos assinantes, insatisfeitos com o teor picante de algumas de suas histórias. Impedido de colaborar com o jornal, inscreve um conto inédito em concurso promovido pelo próprio *Correio*. Pede a um colega do Ministério de Viação e Obras Públicas que copie o texto e assine-o como Tibúrcio Gama. *A viúva,* o título deste conto, vence o concurso. Artur Azevedo recusa o prêmio, revelando à direção do jornal a verdadeira autoria do conto.

Para Magalhães Júnior, conceituado biógrafo e estudioso da obra de Artur Azevedo, a obra deste Autor apresenta uma clara afinidade entre a dramaturgia e o conto. Isso se percebe nas temáticas e formas com que abordou nossos costumes. Predominam as cenas domésticas, o que já se nota em seus primeiros textos, a exemplo de *A madama*. Neste conto, o jovem Roberto, tentando conquistar as graças de uma vistosa francesa que chegara ao Rio de Janeiro (*Mme*. Raquel), aplica no rosto pêlos postiços, para, de barbas, parecer mais maduro. Com a aparência de homem mais velho, consegue passar uma noite em companhia da mulher feita.

A vida social carioca foi tratada de um ponto de vista diferente daquele em que era tradicionalmente apresentada, na peça A *capital federal*, que obteve estrondoso êxito. O texto foi adaptado para o filme homônimo de Luís Barros, em 1923, e voltou a ser encenado no teatro, em 1972, sob a direção de Flávio Rangel. *A capital fede-*

*ral* retrata de modo bem-humorado o comportamento dos homens da sociedade do Rio de Janeiro, que nesse tempo era a capital federal do Brasil, percorrendo os diversos ambientes por onde circulavam figuras pitorescas da cidade: as ruas, os cafés-concertos e os salões elegantes.

Segundo Alfredo Bosi, Artur Azevedo foi um contista e dramaturgo que viu no elemento cômico uma alternativa para escapar às convenções estéticas de sua época. Consciente da tarefa cultural a que se impôs de difundir o conto e o teatro no Brasil, sua obra também foi uma reação aos chamados "dramas de casaca" de teor eminentemente burguês, típicos da mentalidade provinciana e gosto do leitor médio, naquele momento. Sua obra trouxe uma rica e vasta contribuição à sedimentação da dramaturgia em nosso país.

O conjunto das variadas e intensas atividades do Autor, como jornalista e escritor, permitiram-lhe idealizar e fundar[2] a Academia Brasileira de Letras, ao lado de ilustres intelectuais de seu tempo, como Machado de Assis e Joaquim Nabuco, entre outros, o que vem demonstrar sua energia, seu desejo de contribuir para o desenvolvimento da cultura nacional, bem como seu prestígio nos círculos do poder e a amizade de intelectuais influentes.

Esta publicação representa merecida homenagem a um dos mais influentes agitadores culturais de nosso Segundo Império. Um artista lúcido e de muitas faces, que percebeu o descompasso entre o teatro francês, importado em seu tempo pelo Brasil, e a necessária aclimatação dramática entre nós. Um "maranhense de alma carioca", nas palavras de Antônio Martins de Araújo.

## Para saber mais

ARAÚJO, Antônio Martins de. "A vocação do riso" In: AZEVEDO, Artur. *Teatro de Artur Azevedo*. Rio de Janeiro: Instituto Nacional de Artes Cênicas, 1983. Tomo I. (Coleção em Cinco Volumes).

_____. "Para uma poética de Artur Azevedo" In: AZEVEDO, Artur. *Teatro de Artur Azevedo*. Rio de Janeiro: Instituto Nacional de Artes Cênicas, 1985. Tomo II.

---

[2] Em fins do século XIX. A reunião inaugural foi realizada em 1897.

\_\_\_\_\_. "A perenidade do efêmero". In: AZEVEDO, Artur. *Melhores contos*. São Paulo: Global, 2001.

BOSI, Alfredo. *História concisa da literatura brasileira*. 39ª ed. São Paulo: Cultrix, 2001.

CANDIDO, Antonio & CASTELLO, José Aderaldo. *Presença da literatura brasileira*. São Paulo: DIFEL, 1964. Volume II (Coleção em 3 Volumes).

MAGALHÃES JÚNIOR, Raymundo. *Artur Azevedo e sua época*. 4ª ed. São Paulo: LISA, 1971.

\_\_\_\_\_. "Introdução" In: AZEVEDO, Artur. *Contos ligeiros*. Rio de Janeiro: Bloch, 1974.

MONTELLO, Josué. *Artur Azevedo e a arte do conto*. Rio de Janeiro: São José, 1956.

PAES, José Paulo e MOISÉS, Massaud (org.). *Pequeno dicionário de literatura brasileira*. São Paulo: Cultrix, 1967.

# Sumário

### A Pele do Lobo

*Ato único* .................................................................................. 15

### O Badejo

Ato primeiro.............................................................................. 39
Ato segundo .............................................................................. 66
Ato terceiro ............................................................................... 89

### O Dote

Ato primeiro ............................................................................ 117
Ato segundo ............................................................................ 143
Ato terceiro ............................................................................. 166

Dados biográficos ..................................................................... 181

# Relação dos Volumes Publicados

1. **Dom Casmurro**
   Machado de Assis
2. **O Príncipe**
   Maquiavel
3. **Mensagem**
   Fernando Pessoa
4. **O Lobo do Mar**
   Jack London
5. **A Arte da Prudência**
   Baltasar Gracián
6. **Iracema / Cinco Minutos**
   José de Alencar
7. **Inocência**
   Visconde de Taunay
8. **A Mulher de 30 Anos**
   Honoré de Balzac
9. **A Moreninha**
   Joaquim Manuel de Macedo
10. **A Escrava Isaura**
    Bernardo Guimarães
11. **As Viagens - "Il. Milione"**
    Marco Polo
12. **O Retrato de Dorian Gray**
    Oscar Wilde
13. **A Volta ao Mundo em 80 Dias**
    Júlio Verne
14. **A Carne**
    Júlio Ribeiro
15. **Amor de Perdição**
    Camilo Castelo Branco
16. **Sonetos**
    Luís de Camões
17. **O Guarani**
    José de Alencar
18. **Memórias Póstumas de Brás Cubas**
    Machado de Assis
19. **Lira dos Vinte Anos**
    Álvares de Azevedo
20. **Apologia de Sócrates / Banquete**
    Platão
21. **A Metamorfose/Um Artista da Fome/Carta a Meu Pai**
    Franz Kafka
22. **Assim Falou Zaratustra**
    Friedrich Nietzsche
23. **Triste Fim de Policarpo Quaresma**
    Lima Barreto
24. **A Ilustre Casa de Ramires**
    Eça de Queirós
25. **Memórias de um Sargento de Milícias**
    Manuel Antônio de Almeida
26. **Robinson Crusoé**
    Daniel Defoe
27. **Espumas Flutuantes**
    Castro Alves
28. **O Ateneu**
    Raul Pompéia
29. **O Noviço / O Juiz de Paz da Roça / Quem Casa Quer Casa**
    Martins Pena
30. **A Relíquia**
    Eça de Queirós
31. **O Jogador**
    Dostoiévski
32. **Histórias Extraordinárias**
    Edgar Allan Poe
33. **Os Lusíadas**
    Luís de Camões
34. **As Aventuras de Tom Sawyer**
    Mark Twain
35. **Bola de Sebo e Outros Contos**
    Guy de Maupassant
36. **A República**
    Platão
37. **Elogio da Loucura**
    Erasmo de Rotterdam
38. **Caninos Brancos**
    Jack London
39. **Hamlet**
    William Shakespeare
40. **A Utopia**
    Thomas More
41. **O Processo**
    Franz Kafka
42. **O Médico e o Monstro**
    Robert Louis Stevenson
43. **Ecce Homo**
    Friedrich Nietzsche
44. **O Manifesto do Partido Comunista**
    Marx e Engels
45. **Discurso do Método / Meditações**
    René Descartes
46. **Do Contrato Social**
    Jean-Jacques Rousseau
47. **A Luta pelo Direito**
    Rudolf von Ihering
48. **Dos Delitos e das Penas**
    Cesare Beccaria
49. **A Ética Protestante e o Espírito do Capitalismo**
    Max Weber
50. **O Anticristo**
    Friedrich Nietzsche
51. **Os Sofrimentos do Jovem Werther**
    Goethe
52. **As Flores do Mal**
    Charles Baudelaire
53. **Ética a Nicômaco**
    Aristóteles
54. **A Arte da Guerra**
    Sun Tzu
55. **Imitação de Cristo**
    Tomás de Kempis
56. **Cândido ou o Otimismo**
    Voltaire
57. **Rei Lear**
    William Shakespeare
58. **Frankenstein**
    Mary Shelley
59. **Quincas Borba**
    Machado de Assis
60. **Fedro**
    Platão
61. **Política**
    Aristóteles
62. **A Viuvinha / Encarnação**
    José de Alencar
63. **As Regras do Método Sociológico**
    Émile Durkheim
64. **O Cão dos Baskervilles**
    Sir Arthur Conan Doyle
65. **Contos Escolhidos**
    Machado de Assis
66. **Da Morte / Metafísica do Amor / Do Sofrimento do Mundo**
    Arthur Schopenhauer
67. **As Minas do Rei Salomão**
    Henry Rider Haggard
68. **Manuscritos Econômico-Filosóficos**
    Karl Marx
69. **Um Estudo em Vermelho**
    Sir Arthur Conan Doyle
70. **Meditações**
    Marco Aurélio
71. **A Vida das Abelhas**
    Maurice Materlinck
72. **O Cortiço**
    Aluísio Azevedo
73. **Senhora**
    José de Alencar
74. **Brás, Bexiga e Barra Funda / Laranja da China**
    Antônio de Alcântara Machado
75. **Eugênia Grandet**
    Honoré de Balzac
76. **Contos Gauchescos**
    João Simões Lopes Neto
77. **Esaú e Jacó**
    Machado de Assis
78. **O Desespero Humano**
    Sören Kierkegaard
79. **Dos Deveres**
    Cícero
80. **Ciência e Política**
    Max Weber
81. **Satíricon**
    Petrônio
82. **Eu e Outras Poesias**
    Augusto dos Anjos
83. **Farsa de Inês Pereira / Auto da Barca do Inferno / Auto da Alma**
    Gil Vicente
84. **A Desobediência Civil e Outros Escritos**
    Henry David Toreau
85. **Para Além do Bem e do Mal**
    Friedrich Nietzsche
86. **A Ilha do Tesouro**
    R. Louis Stevenson
87. **Marília de Dirceu**
    Tomás A. Gonzaga
88. **As Aventuras de Pinóquio**
    Carlo Collodi
89. **Segundo Tratado Sobre o Governo**
    John Locke
90. **Amor de Salvação**
    Camilo Castelo Branco
91. **Broquéis/Faróis/ Últimos Sonetos**
    Cruz e Souza
92. **I-Juca-Pirama / Os Timbiras / Outros Poemas**
    Gonçalves Dias
93. **Romeu e Julieta**
    William Shakespeare
94. **A Capital Federal**
    Arthur Azevedo
95. **Diário de um Sedutor**
    Sören Kierkegaard
96. **Carta de Pero Vaz de Caminha a El-Rei Sobre o Achamento do Brasil**
97. **Casa de Pensão**
    Aluísio Azevedo
98. **Macbeth**
    William Shakespeare

99. **ÉDIPO REI/ANTÍGONA**
   *Sófocles*

100. **LUCÍOLA**
   *José de Alencar*

101. **AS AVENTURAS DE SHERLOCK HOLMES**
   *Sir Arthur Conan Doyle*

102. **BOM-CRIOULO**
   *Adolfo Caminha*

103. **HELENA**
   *Machado de Assis*

104. **POEMAS SATÍRICOS**
   *Gregório de Matos*

105. **ESCRITOS POLÍTICOS / A ARTE DA GUERRA**
   *Maquiavel*

106. **UBIRAJARA**
   *José de Alencar*

107. **DIVA**
   *José de Alencar*

108. **EURICO, O PRESBÍTERO**
   *Alexandre Herculano*

109. **OS MELHORES CONTOS**
   *Lima Barreto*

110. **A LUNETA MÁGICA**
   *Joaquim Manuel de Macedo*

111. **FUNDAMENTAÇÃO DA METAFÍSICA DOS COSTUMES E OUTROS ESCRITOS**
   *Immanuel Kant*

112. **O PRÍNCIPE E O MENDIGO**
   *Mark Twain*

113. **O DOMÍNIO DE SI MESMO PELA AUTO-SUGESTÃO CONSCIENTE**
   *Émile Coué*

114. **O MULATO**
   *Aluísio Azevedo*

115. **SONETOS**
   *Florbela Espanca*

116. **UMA ESTADIA NO INFERNO / POEMAS / CARTA DO VIDENTE**
   *Arthur Rimbaud*

117. **VÁRIAS HISTÓRIAS**
   *Machado de Assis*

118. **FÉDON**
   *Platão*

119. **POESIAS**
   *Olavo Bilac*

120. **A CONDUTA PARA A VIDA**
   *Ralph Waldo Emerson*

121. **O LIVRO VERMELHO**
   *Mao Tsé-Tung*

122. **ORAÇÃO AOS MOÇOS**
   *Rui Barbosa*

123. **OTELO, O MOURO DE VENEZA**
   *William Shakespeare*

124. **ENSAIOS**
   *Ralph Waldo Emerson*

125. **DE PROFUNDIS / BALADA DO CÁRCERE DE READING**
   *Oscar Wilde*

126. **CRÍTICA DA RAZÃO PRÁTICA**
   *Immanuel Kant*

127. **A ARTE DE AMAR**
   *Ovídio Naso*

128. **O TARTUFO OU O IMPOSTOR**
   *Molière*

129. **METAMORFOSES**
   *Ovídio Naso*

130. **A GAIA CIÊNCIA**
   *Friedrich Nietzsche*

131. **O DOENTE IMAGINÁRIO**
   *Molière*

132. **UMA LÁGRIMA DE MULHER**
   *Aluísio Azevedo*

133. **O ÚLTIMO ADEUS DE SHERLOCK HOLMES**
   *Sir Arthur Conan Doyle*

134. **CANUDOS - DIÁRIO DE UMA EXPEDIÇÃO**
   *Euclides da Cunha*

135. **A DOUTRINA DE BUDA**
   *Siddharta Gautama*

136. **TAO TE CHING**
   *Lao-Tsé*

137. **DA MONARQUIA / VIDA NOVA**
   *Dante Alighieri*

138. **A BRASILEIRA DE PRAZINS**
   *Camilo Castelo Branco*

139. **O VELHO DA HORTA/QUEM TEM FARELOS?/AUTO DA ÍNDIA**
   *Gil Vicente*

140. **O SEMINARISTA**
   *Bernardo Guimarães*

141. **O ALIENISTA / CASA VELHA**
   *Machado de Assis*

142. **SONETOS**
   *Manuel du Bocage*

143. **O MANDARIM**
   *Eça de Queirós*

144. **NOITE NA TAVERNA / MACÁRIO**
   *Álvares de Azevedo*

145. **VIAGENS NA MINHA TERRA**
   *Almeida Garrett*

146. **SERMÕES ESCOLHIDOS**
   *Padre Antonio Vieira*

147. **OS ESCRAVOS**
   *Castro Alves*

148. **O DEMÔNIO FAMILIAR**
   *José de Alencar*

149. **A MANDRÁGORA / BELFAGOR, O ARQUIDIABO**
   *Maquiavel*

150. **O HOMEM**
   *Aluísio Azevedo*

151. **ARTE POÉTICA**
   *Aristóteles*

152. **A MEGERA DOMADA**
   *William Shakespeare*

153. **ALCESTE/ELECTRA/HIPÓLITO**
   *Eurípedes*

154. **O SERMÃO DA MONTANHA**
   *Huberto Rohden*

155. **O CABELEIRA**
   *Franklin Távora*

156. **RUBÁIYÁT**
   *Omar Khayyám*

157. **LUZIA-HOMEM**
   *Domingos Olímpio*

158. **A CIDADE E AS SERRAS**
   *Eça de Queirós*

159. **A RETIRADA DA LAGUNA**
   *Visconde de Taunay*

160. **A VIAGEM AO CENTRO DA TERRA**
   *Júlio Verne*

161. **CARAMURU**
   *Frei Santa Rita Durão*

162. **CLARA DOS ANJOS**
   *Lima Barreto*

163. **MEMORIAL DE AIRES**
   *Machado de Assis*

164. **BHAGAVAD GITA**
   *Krishna*

165. **O PROFETA**
   *Khalil Gibran*

166. **AFORISMOS**
   *Hipócrates*

167. **KAMA SUTRA**
   *Vatsyayana*

168. **O LIVRO DA JÂNGAL**
   *Rudyard Kipling*

169. **DE ALMA PARA ALMA**
   *Huberto Rohden*

170. **ORAÇÕES**
   *Cícero*

171. **SABEDORIA DAS PARÁBOLAS**
   *Huberto Rohden*

172. **SALOMÉ**
   *Oscar Wilde*

173. **DO CIDADÃO**
   *Thomas Hobbes*

174. **PORQUE SOFREMOS**
   *Huberto Rohden*

175. **EINSTEIN: O ENIGMA DO UNIVERSO**
   *Huberto Rohden*

176. **A MENSAGEM VIVA DO CRISTO**
   *Huberto Rohden*

177. **MAHATMA GANDHI**
   *Huberto Rohden*

178. **A CIDADE DO SOL**
   *Tommaso Campanella*

179. **SETAS PARA O INFINITO**
   *Huberto Rohden*

180. **A VOZ DO SILÊNCIO**
   *Helena Blavatsky*

181. **FREI LUÍS DE SOUSA**
   *Almeida Garrett*

182. **FÁBULAS**
   *Esopo*

183. **CÂNTICO DE NATAL/ OS CARRILHÕES**
   *Charles Dickens*

184. **CONTOS**
   *Eça de Queirós*

185. **O PAI GORIOT**
   *Honoré de Balzac*

186. **NOITES BRANCAS E OUTRAS HISTÓRIAS**
   *Dostoiévski*

187. **MINHA FORMAÇÃO**
   *Joaquim Nabuco*

188. **PRAGMATISMO**
   *William James*

189. **DISCURSOS FORENSES**
   *Enrico Ferri*

190. **MEDÉIA**
   *Eurípedes*

191. **DISCURSOS DE ACUSAÇÃO**
   *Enrico Ferri*

192. **A IDEOLOGIA ALEMÃ**
   *Marx & Engels*

193. **PROMETEU ACORRENTADO**
   *Ésquilo*

194. **IAIÁ GARCIA**
   *Machado de Assis*

195. **DISCURSOS NO INSTITUTO DOS ADVOGADOS BRASILEIROS / DISCURSO NO COLÉGIO ANCHIETA**
   *Rui Barbosa*

196. **ÉDIPO EM COLONO**
   *Sófocles*

197. **A ARTE DE CURAR PELO ESPÍRITO**
   *Joel S. Goldsmith*

198. **JESUS, O FILHO DO HOMEM**
   *Khalil Gibran*

199. **DISCURSO SOBRE A ORIGEM E OS FUNDAMENTOS DA DESIGUALDADE ENTRE OS HOMENS**
   *Jean-Jacques Rousseau*

200. **Fábulas**
La Fontaine
201. **O Sonho de uma Noite de Verão**
William Shakespeare
202. **Maquiavel, o Poder**
José Nivaldo Junior
203. **Ressurreição**
Machado de Assis
204. **O Caminho da Felicidade**
Huberto Rohden
205. **A Velhice do Padre Eterno**
Guerra Junqueiro
206. **O Sertanejo**
José de Alencar
207. **Gitanjali**
Rabindranath Tagore
208. **Senso Comum**
Thomas Paine
209. **Canaã**
Graça Aranha
210. **O Caminho Infinito**
Joel S. Goldsmith
211. **Pensamentos**
Epicuro
212. **A Letra Escarlate**
Nathaniel Hawthorne
213. **Autobiografia**
Benjamin Franklin
214. **Memórias de Sherlock Holmes**
Sir Arthur Conan Doyle
215. **O Dever do Advogado / Posse de Direitos Pessoais**
Rui Barbosa
216. **O Tronco do Ipê**
José de Alencar
217. **O Amante de Lady Chatterley**
D. H. Lawrence
218. **Contos Amazônicos**
Inglês de Souza
219. **A Tempestade**
William Shakespeare
220. **Ondas**
Euclides da Cunha
221. **Educação do Homem Integral**
Huberto Rohden
222. **Novos Rumos para a Educação**
Huberto Rohden
223. **Mulherzinhas**
Louise May Alcott
224. **A Mão e a Luva**
Machado de Assis
225. **A Morte de Ivan Ilicht / Senhores e Servos**
Leon Tolstói
226. **Álcoois e Outros Poemas**
Apollinaire
227. **Pais e Filhos**
Ivan Turguêniev
228. **Alice no País das Maravilhas**
Lewis Carroll
229. **À Margem da História**
Euclides da Cunha
230. **Viagem ao Brasil**
Hans Staden
231. **O Quinto Evangelho**
Tomé
232. **Lorde Jim**
Joseph Conrad
233. **Cartas Chilenas**
Tomás Antônio Gonzaga
234. **Odes Modernas**
Anntero de Quental
235. **Do Cativeiro Babilônico da Igreja**
Martinho Lutero
236. **O Coração das Trevas**
Joseph Conrad
237. **Thais**
Anatole France
238. **Andrômaca / Fedra**
Racine
239. **As Catilinárias**
Cícero
240. **Recordações da Casa dos Mortos**
Dostoiévski
241. **O Mercador de Veneza**
William Shakespeare
242. **A Filha do Capitão / A Dama de Espadas**
Aleksandr Púchkin
243. **Orgulho e Preconceito**
Jane Austen
244. **A Volta do Parafuso**
Henry James
245. **O Gaúcho**
José de Alencar
246. **Tristão e Isolda**
Lenda Medieval Celta de Amor
247. **Poemas Completos de Alberto Caeiro**
Fernando Pessoa
248. **Maiakóvski**
Vida e Poesia
249. **Sonetos**
William Shakespeare
250. **Poesia de Ricardo Reis**
Fernando Pessoa
251. **Papéis Avulsos**
Machado de Assis
252. **Contos Fluminenses**
Machado de Assis
253. **O Bobo**
Alexandre Herculano
254. **A Oração da Coroa**
Demóstenes
255. **O Castelo**
Franz Kafka
256. **O Trovejar do Silêncio**
Joel S. Goldsmith
257. **Alice na Casa dos Espelhos**
Lewis Carrol
258. **Miséria da Filosofia**
Karl Marx
259. **Júlio César**
William Shakespeare
260. **Antônio e Cleópatra**
William Shakespeare
261. **Filosofia da Arte**
Huberto Rohden
262. **A Alma Encantadora das Ruas**
João do Rio
263. **A Normalista**
Adolfo Caminha
264. **Pollyanna**
Eleanor H. Porter
265. **As Pupilas do Senhor Reitor**
Júlio Diniz
266. **As Primaveras**
Casimiro de Abreu
267. **Fundamentos do Direito**
Léon Duguit
268. **Discursos de Metafísica**
G. W. Leibniz
269. **Sociologia e Filosofiia**
Émile Durkheim
270. **Cancioneiro**
Fernando Pessoa
271. **A Dama das Camélias**
Alexandre Dumas (filho)
272. **O Divórcio / As Bases da Fé / e Outros Textos**
Rui Barbosa
273. **Pollyanna Moça**
Eleanor H. Porter
274. **O 18 Brumário de Luís Bonaparte**
Karl Marx
275. **Teatro de Machado de Assis**
Antologia
276. **Cartas Persas**
Montesquieu
277. **Em Comunhão com Deus**
Huberto Rohden
278. **Razão e Sensibilidade**
Jane Austen
279. **Crônicas Selecionadas**
Machado de Assis
280. **Histórias da Meia-Noite**
Machado de Assis
281. **Cyrano de Bergerac**
Edmond Rostand
282. **O Maravilhoso Mágico de Oz**
L. Frank Baum
283. **Trocando Olhares**
Florbela Espanca
284. **O Pensamento Filosófico da Antiguidade**
Huberto Rohden
285. **Filosofia Contemporânea**
Huberto Rohden
286. **O Espírito da Filosofia Oriental**
Huberto Rohden
287. **A Pele do Lobo / O Badejo / O Dote**
Artur Azevedo
288. **Os Bruzundangas**
Lima Barreto
289. **A Pata da Gazela**
José de Alencar
290. **O Vale do Terror**
Sir Arthur Conan Doyle
291. **O Signo dos Quatro**
Sir Arthur Conan Doyle
292. **As Máscaras do Destino**
Florbela Espanca
293. **A Confissão de Lúcio**
Mário de Sá-Carneiro
294. **Falenas**
Machado de Assis
295. **O Uraguai / A Declamação Trágica**
Basílio da Gama
296. **Crisálidas**
Machado de Assis
297. **Americanas**
Machado de Assis
298. **A Carteira de Meu Tio**
Joaquim Manuel de Macedo
299. **Catecismo da Filosofia**
Huberto Rohden
301. **Rumo à Consciência Cósmic**
Huberto Rohden

302. **Cosmoterapia**
 *Huberto Rohden*
303. **Bodas de Sangue**
 *Federico García Lorca*
304. **Discurso da Servidão Voluntária**
 *Étienne de la Boétie*
305. **Categorias**
 *Aristóteles*
306. **Manon Lescaut**
 *Abade Prévost*
307. **Teogonia / Trabalhos e Dias**
 *Hesíodo*
308. **As Vítimas Algozes**
 *Joaquim Manuel de Macedo*
309. **Persuasão**
 *Jane Austen*

**Série Ouro**
(Livros com mais de 400 p.)

1. **Leviatã**
 *Thomas Hobbes*
2. **A Cidade Antiga**
 *Fustel de Coulanges*
3. **Crítica da Razão Pura**
 *Immanuel Kant*
4. **Confissões**
 *Santo Agostinho*
5. **Os Sertões**
 *Euclides da Cunha*
6. **Dicionário Filosófico**
 *Voltaire*
7. **A Divina Comédia**
 *Dante Alighieri*
8. **Ética Demonstrada à Maneira dos Geômetras**
 *Baruch de Spinoza*
9. **Do Espírito das Leis**
 *Montesquieu*
10. **O Primo Basílio**
 *Eça de Queirós*
11. **O Crime do Padre Amaro**
 *Eça de Queirós*
12. **Crime e Castigo**
 *Dostoiévski*
13. **Fausto**
 *Goethe*
14. **O Suicídio**
 *Émile Durkheim*
15. **Odisséia**
 *Homero*
16. **Paraíso Perdido**
 *John Milton*
17. **Drácula**
 *Bram Stocker*
18. **Ilíada**
 *Homero*
19. **As Aventuras de Huckleberry Finn**
 *Mark Twain*
20. **Paulo – O 13º Apóstolo**
 *Ernest Renan*
21. **Eneida**
 *Virgílio*
22. **Pensamentos**
 *Blaise Pascal*
23. **A Origem das Espécies**
 *Charles Darwin*
24. **Vida de Jesus**
 *Ernest Renan*
25. **Moby Dick**
 *Herman Melville*
26. **Os Irmãos Karamazovi**
 *Dostoiévski*
27. **O Morro dos Ventos Uivantes**
 *Emily Brontë*
28. **Vinte Mil Léguas Submarinas**
 *Júlio Verne*
29. **Madame Bovary**
 *Gustave Flaubert*
30. **O Vermelho e o Negro**
 *Stendhal*
31. **Os Trabalhadores do Mar**
 *Victor Hugo*
32. **A Vida dos Doze Césares**
 *Suetônio*
34. **O Idiota**
 *Dostoiévski*
35. **Paulo de Tarso**
 *Huberto Rohden*
36. **O Peregrino**
 *John Bunyan*
37. **As Profecias**
 *Nostradamus*
38. **Novo Testamento**
 *Huberto Rohden*
39. **O Corcunda de Notre Dame**
 *Victor Hugo*
40. **Arte de Furtar**
 *Anônimo do século XVII*
41. **Germinal**
 *Émile Zola*
42. **Folhas de Relva**
 *Walt Whitman*
43. **Ben-Hur — Uma História dos Tempos de Cristo**
 *Lew Wallace*
44. **Os Maias**
 *Eça de Queirós*
45. **O Livro da Mitologia**
 *Thomas Bulfinch*
46. **Os Três Mosqueteiros**
 *Alexandre Dumas*
47. **Poesia de Álvaro de Campos**
 *Fernando Pessoa*
48. **Jesus Nazareno**
 *Huberto Rohden*
49. **Grandes Esperanças**
 *Charles Dickens*
50. **A Educação Sentimental**
 *Gustave Flaubert*
51. **O Conde de Monte Cristo (Volume I)**
 *Alexandre Dumas*
52. **O Conde de Monte Cristo (Volume II)**
 *Alexandre Dumas*
53. **Os Miseráveis (Volume I)**
 *Victor Hugo*
54. **Os Miseráveis (Volume II)**
 *Victor Hugo*
55. **Dom Quixote de La Mancha (Volume I)**
 *Miguel de Cervantes*
56. **Dom Quixote de La Mancha (Volume II)**
 *Miguel de Cervantes*
58. **Contos Escolhidos**
 *Artur Azevedo*
59. **As Aventuras de Robin Hood**
 *Howard Pyle*